鬼を斬る刀

妖しい刀剣

東郷隆

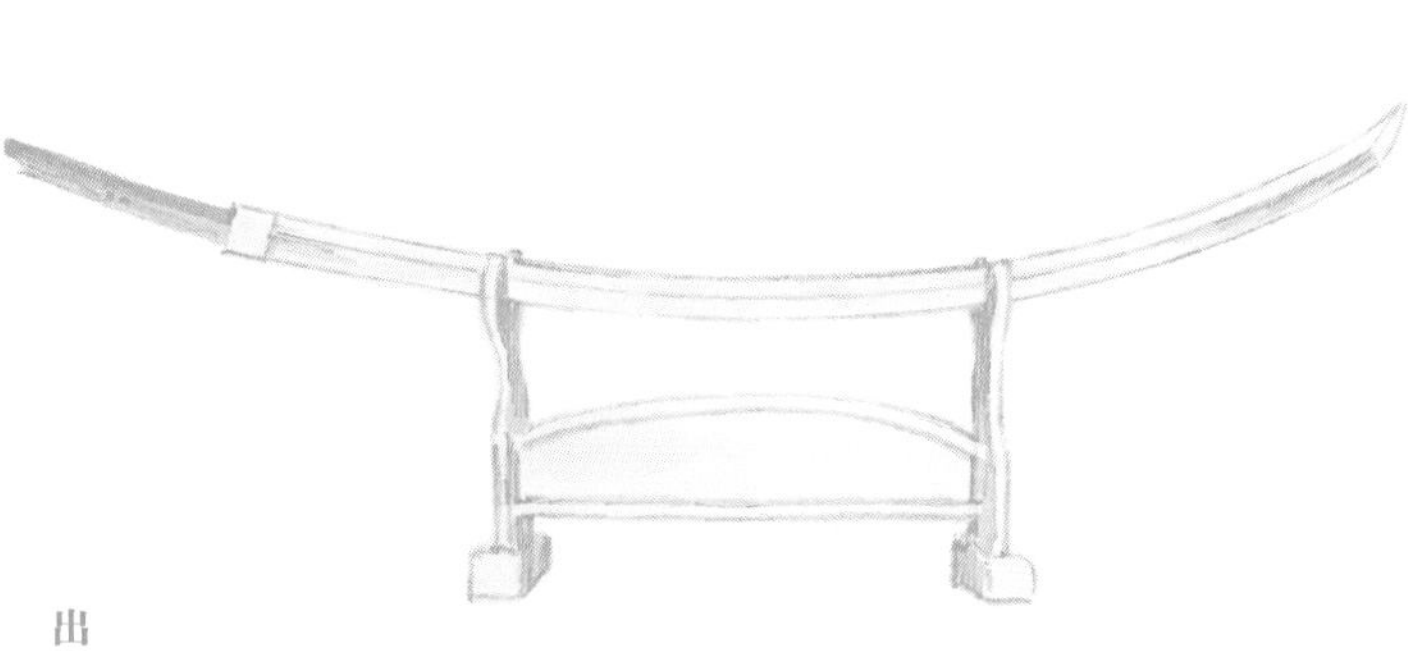

出版芸術社

まえがき

刀剣ブームと言われて久しい昨今ですが、若い女性たちが、刀剣の擬人化・刃物が人格を持つという物語を違和感なく受け入れていく現象を、奇異な目で見る人々がいまだに多いようです。

そうした人々は、原始の昔から私たち日本人が持ち続けてきた、精霊信仰《アニミズム》（生物・無機物を問わず、すべての事物に意思がある）という抜きがたい思いの存在に無知であるか、それをわざと無視しようとする連中と言ったほうが良いでしょう。

金属器、特に刃物類は、この世界に出現した頃から並の人間では作り得ない道具であったために貴重で、その製作者ともども、信仰の対象になり易かったのです。

これは日本ばかりではありません。「王様の剣《つるぎ》」で知られたブリテンのアーサー王と名剣エクスカリバー、古代中国呉《ご》の国の名工干将《かんしょう》が鍛えた干将莫耶《ばくや》の二名剣伝説など、海外にもその例は枚挙に暇《いとま》ないのです。

さて、このブームのおかげで、書店の棚には今まで見たこともないほどの刀剣関連書籍が並ぶようになりました。

我々にとってはうれしいかぎりです。しかし、専門用語ばかりの本も増えています。尖《と》ンがったマニアは、さらさらと読んで理解できるでしょうが、たとえば、

「地《じ》は大板目肌《おおいためはだ》に板目と杢目《もくめ》が混り、刃文《はもん》は刀身上部は小乱《こみだ》れ、下部は直刃《すぐは》にちかい……」（『古代刀の変遷』）

などと書かれてもビギナーにはチンプンカンプン。これで楽しめ、というのは少し難しいでしょう。

そこで今回「妖しいシリーズ」の第二弾として、刀剣の怪奇談ばかりをとりあげてみることにしました。よく知られた刀剣伝説よりも、全国各地に散らばる、刀に絡《から》む民話が中心です。当然のことですが、昔も刀に関しては素人《しろうと》並の知識しか無い人々はいっぱいいました。そんな人々が夜噺《よばなし》の席で語りあった奇妙な物語です。

鬼を滅し、人を斬り、妖獣を斬り、器物の怪を斬り、ついには瘧《おこり》や死病まで退治する刀のストーリーを、ではどうぞ、ごゆるりと。

妖しい刀剣　もくじ

第五章　大蛇・大蜘蛛・鵺を斬る　一四一

刀の構造

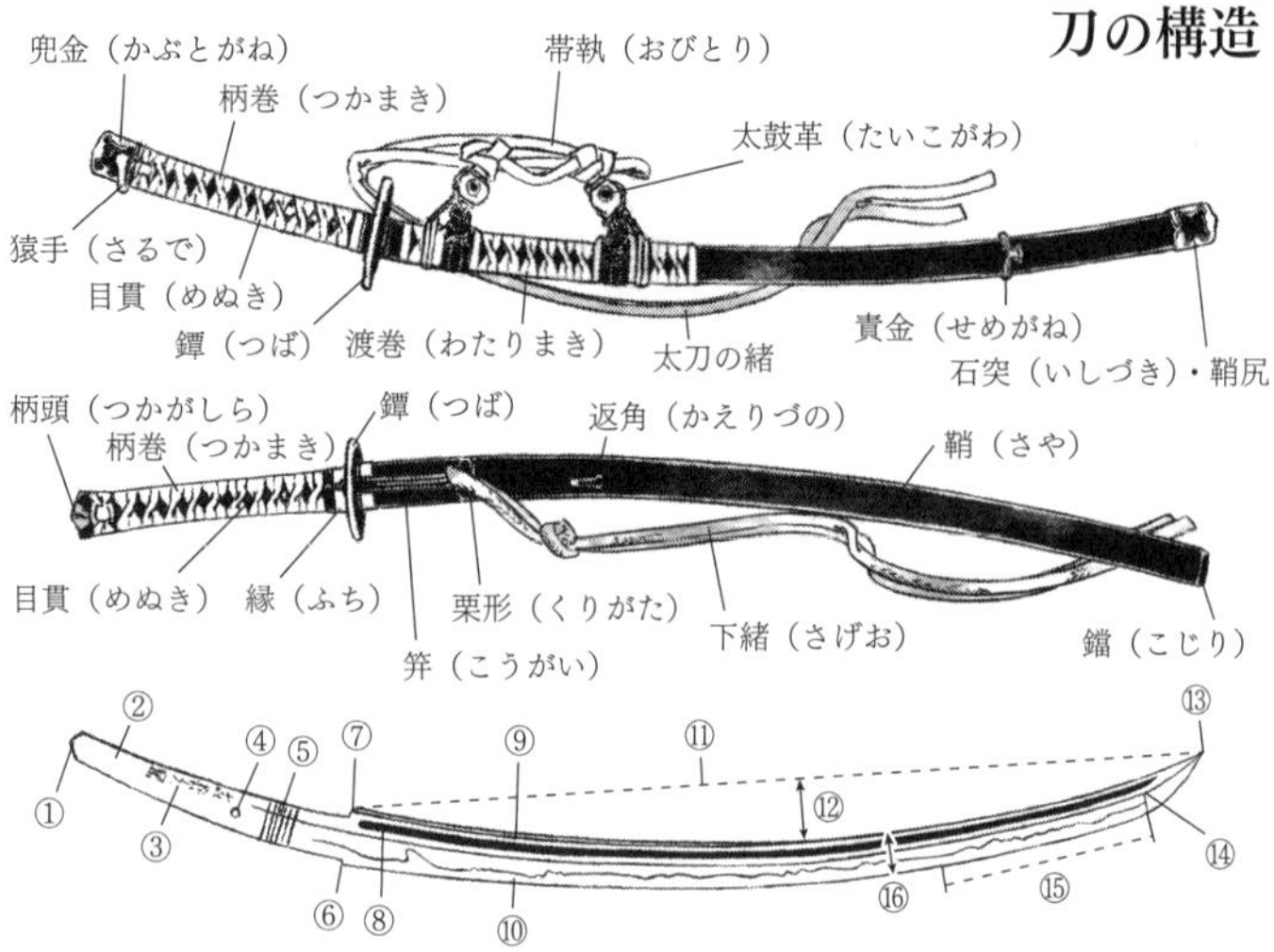

①茎尻《なかごじり》　なかごの末端

②茎　なかご。「中心」という字も用いる

③銘《めい》　刀身を鍛えた刀工の名

④目釘穴《めくぎあな》　柄《つか》を固定する目釘を通す穴

⑤鑢目《やすりめ》　柄と刀身が外れぬようにするための摩擦面

⑥刃区《はまち》　刀側の切れ込み

⑦棟区《むねまち》　棟側の切れ込み。⑥ともに鎺《はばき》（鞘口《さやぐち》の固定金具）を止める。この下に当たる刃部分を鎺下《はばきした》ともいう

⑧棒樋《ぼうひ》　刀身に彫り込んだ溝。これが無い刀も多い

⑨棟《むね》　峰《みね》ともいう。刀の背中。ここから刃の側面の、高い部分までを鎬地《しのぎじ》ともいう

⑩刃《は》　刀の命。ここに付く紋様を刃文《はもん》という

⑪刃渡《はわた》り　刃長《はちょう》ともいう。通常、刀の長さ

をいうときは、棟区の下、茎の部分を含まない。刃の先端から棟区までの延長線をいう
⑫反《そ》り　刃の先端から棟区までの曲線上にあるいちばん深い部分を計る
⑬切《き》っ先《さき》「鋒」と書く場合もある。ここに現れる刃文を特に帽子《ぼうし》と呼ぶ。切っ先の形状には多くの種類がある
⑭三つ角　刃の上を延びてきた三つの延長線が、この部分で交わる。刃側部分を横手《よこて》、鎬の先端を小鎬《こしのぎ》という
⑮物打《ものうち》　刀は通常、この部分に力がかかり、切断を行う
⑯身幅《みはば》　棟（背）から刃までの幅

※太刀と刀（打刀《うちがたな》）は、銘の位置が異なる。太刀は鞘に納めた状態で刃の部分が下を向く。刀は鞘の中で刃が上を向く。つまり腰に提げた場合のカーブが異なるのだ。この時、左腰の外側に刀工の銘が向くように彫り込まれるので、そこから太刀と刀を区別した。ただし後世、太刀の茎を切り（磨上《すりあ》げ）、短い打刀拵《うちがたなごしらえ》にした場合は、銘が太刀の位置に残っても刀扱いになってしまう。こうなると両者の区分けは、なかなか難しくなる。

装幀　田中久子
装画・挿絵　尾崎智美

第一章
鬼を斬る名刀

一、平安京の鬼退治「髭切」

平安時代の初め、京の中央道路、朱雀大路《すざくおおじ》の南端にあった羅城門《らじょうもん》は、巨大な建造物でした。しかし、時代が下るとともに修理する人も無く荒れ果てて、ついに十世紀後半、大風で倒壊したとされています。

この羅城門が、朽《く》ちつつも何とか形の残っていた頃。その楼門の上段は死体の棄て場と化しました。鬼が出ると噂されて、夜ともなるとそこは人も通らなくなります。

武勇を誇る源頼光《みなもとのよりみつ》の四天王が、ある晩、酒を酌《く》み交わしていた時のこと。中の一人が、

「どうだ、誰かこれから羅城門へ行って、魔避けの札を貼ってこぬか」

度胸試しを提案します。籤《くじ》を作ってみると、渡辺綱《わたなべのつな》が引きあてました。

「綱、用心のためこれを持っていけ」

別室で話を聞いた大将の頼光が、源氏重代の太刀「髭切《ひげきり》」と白馬を貸し与えました。

喜んだ綱は、鎧兜に身を固め、腰に髭切を吊って出かけます。

折しも風雨激しく、綱が羅城門に到着した時は、巨大な建物も、みしみしと揺れていました。

馬を降りた綱は門の正面、棟木柱《むなきばしら》の下に御札を貼って、

「何も出ぬではないか」

引き返そうとした時、兜の鉢《はち》を何者かが掴みます。そのまま、引き上げられそうになりますが、綱も力自慢の者。そのまま引き合いになって争いました。

「これが鬼というものか」

ついに足が地を離れようとしたその時、腰に太刀が当たります。

そうか、これがあった、と髭切を抜き頭上に突き上げると、手応えあって、どさりと何かが落ちました。

見ると、大きな毛むくじゃらの腕です。指の節は瘤《こぶ》のようで、刃物のような爪が光っていました。

「鬼の腕だな。これはよい証拠になる」

綱は持ち帰って仲間に見せ、人々からその武勇を讃えられますが、そこから鬼の復讐が始まる、という物語。

これは観世信光《かんぜのぶみつ》が作り、室町時代の武士たちが大いに好んだ能の題材となります。

一方、綱の鬼退治には、羅城門（羅生門）を舞台とせぬ別の物語もあり、人によってはこちらを正統な話とする向きもあります。

大将頼光が、ある日、渡辺綱に洛外へ使いを命じます。

「帰路は必ず夜になる。念のためにこれらを貸し与えよう」

頼光は良馬一頭と髭切の太刀を渡しました。

綱が任務を終えて、京七口のひとつ、一条戻り橋のあたりまで来ると、はたして深夜。橋のたもとに誰かがぽつり、と立っています。

眼を凝らせば、それは旅装束の若い女性でした。

はて、こんな人気《ひとけ》のない場所に奇妙だ、と思いながらも馬を歩ませていくと、

「もし」

女が市女笠《いちめがさ》をあげて、声をかけます。

「京の者でございます。旅の戻りでここまで参りましたが、夜道が怖く、足がすくんでおります」

「それは難儀なこと。送って進ぜよう」

綱が言うと女は喜んで、

「されば、五条のあたりまでお願いいたします」

綱は軽々と馬上に女を引き上げました。間近で見れば、その姿は、濃色に染めた袙《あこめ》に綾《あや》の単《ひとえ》を重ね着した上品なもの。顔は貴人の娘そのもので、薄っすらと沈香《じんこう》の香りさえ漂ってき

ます。

（伴も連れず、こんな女性《にょしょう》が一人旅とは、どういうわけだろう）

と最前の疑問が再び頭をもたげた時、背後に冷え冷えとした殺気を感じました。

振り返ると、馬の背に乗っているのは、女ではなく、一匹の巨大な鬼です。

馬の背に立ち上がったその鬼は、綱の髻《もとどり》を烏帽子《えぼし》ごと摑んで、宙に舞い上がろうとします。

「させるものか」

綱は腰が馬の鞍から離れようとした瞬間、太刀の渡巻《わたりまき》を握って、大きく振りかぶりました。

ズバリと肉を断つ音が轟き、血飛沫《ちしぶき》が綱の顔に降り注ぎます。

「ねったい（くそっ）」

と悔しそうに叫んだ鬼は、孤空に飛び去りました。

後には、鋭い爪のついた太い腕が落ちています。

これが「綱の一条戻り橋、鬼退治」の一幕ですが、話はここから、さらに派手になっていきます。

綱は頼光のもとに復命《ふくめい》（命令の実行報告）して、鬼の腕と髭切の太刀を差し出しました。

頼光はしきりに感心して、髭切の刃先に浮いた血脂《ちあぶら》を確かめていましたが、

「この太刀の名を改めようと思う」

と言いました。髭切とは昔、頼光が罪人を斬った時、その首とともに髭までがきれいに斬れたために、そう呼ばれたのです。

「これより鬼切《おにきり》と呼ぶことにするぞ」

綱にとっては源氏重代の太刀に自分の武功が冠《かん》せられたのですから、名誉の極みです。しかし、問題は鬼の腕でした。

当代一流の陰陽師《おんみょうじ》、安倍晴明《あべのせいめい》を呼んでその処理を尋ねると、彼ほどの男が顔色を変えて、

「これは並の凶事《まがごと》ではありません。腕を斬った者は、これより七日間、謹慎しなければなりませんぞ。鬼の手は、私が封印します。七日間の祈禱には、仁王経《にんのうきょう》を読むこと」

と言います。

綱は晴明の教える通り、朱塗りの唐櫃《からびつ》に鬼の腕を収めて、七日の間、仁王経を唱えました。

そして、その七日目。綱の叔母《おば》が屋敷を訪ねてきます。

もちろん謹慎中の綱は面会を断りましたが、老いた叔母は摂津から単身やってきたその苦労をくどくどと語り、門前で泣きくずれます。綱がやむなく屋敷に彼女を入れると、甥《おい》の名誉の証である鬼の腕が見たい、と言い出しました。

綱がこれも仕方無く唐櫃の封印を取ると、

「これがのう。鬼もさぞ痛かったであろうのう。よく取っておいてくれたものよのう」

叔母はやにわにその腕を摑むと、むくむくと背丈が伸びて、鬼の形相に変わります。

天井に飛び、屋根の破風《はふ》を破って外に出ようとするところを、

「鬼め、謀《たばか》ったか」

綱は、一太刀斬りつけますが、自分の腕を抱えた鬼は、

「うれしや、取り戻したり」

と歌いながら、愛宕山《あたごやま》の方角へ飛び去っていきました。

以上は『平家物語』剣《つるぎ》の巻にある話です。

なお、この戻り橋の鬼は、一説に酒天童子《しゅてんどうじ》の配下であった茨木《いばらき》童子とされ、怒りに燃えた綱が後に討ち取ったとも伝えられます。


髭切改め鬼切は、頼光の三男、源頼基《よりもと》に伝わりました。

頼基は、頼光の甥の頼義《よりよし》が前九年の役に奥州の安倍貞任《あべのさだとう》を討った時（一〇六二）、これを譲りました。

鬼切は、頼義の子、八幡太郎義家《よしいえ》に。義家の孫の源為義《ためよし》へと伝えられます。

この為義は、鎌倉幕府を作った頼朝《よりとも》の祖父です。鬼切は彼の代に、「獅子《しし》の子《こ》」と名前を変

えました。

なぜかこの頃、鬼切はしきりに啼《な》くことがあり、それが、獅子の吼《ほ》える声に似ていた、というのです。

少し紛らわしい話ですが、為義はこの「獅子の子」のほかに、先祖である多田源氏の満仲《みつなか》から伝わる「吼丸《ほえまる》」という太刀も所有していました。

この吼丸は、為義の娘の婿《むこ》となった教真《きょうしん》という者に与えられます。教真はその頃、宗教と軍事両面で力を誇った熊野大社の別当職《べっとうしき》でした。

しかし、吼丸を婿引出《むこひきで》にした後、為義は大いに後悔します。

「物惜《ものお》しみに言うのではないが、吼丸・獅子の子、二太刀が無いと、どうも腰のあたりが軽々しく感じられる」

為義は帝《みかど》の伴をして都大路を行く時、源氏総領の証として重代の太刀を二腰吊り、これを「添え太刀」と称していました。

「婿殿に返せとも言えまい。新たに一振り作らせよう」

播磨国の名人を呼び出して、手元にある獅子の子を渡し、

「これと同じ形に。ただし見分けのため、心持ち刀身を長くせよ」

と命じます。名人（名前は不明）は、精進潔斎《しょうじんけっさい》して三七、二十一日間鍛え続け、ついに獅

子の子そっくりの太刀を打ち上げます。

斬れ味を試してみると、これも獅子の子に劣らず良い結果を見せます。為義は喜んで拵師《こしらえし》に命じ、美しい太刀拵《たちごしらえ》をつけました。

「これを小烏丸《こがらすまる》と呼ぶぞ」

太刀の目貫《めぬき》につけた金の烏からそう名づけたというのですが、どうもそれだけではなさそうです。

この頃、武家のライバルであった平氏重代の太刀に同名のものがあり、また烏は熊野大社の使い神です。為義は、そのあたりも考えて命名したと思われます。

満足した彼は、居間の壁に獅子の子・小烏を立てかけ、

「お前たちは、今日より友達であるぞ」

と語りかけました。

しばらくそのままにしておきましたが、ある日、手入れのために抜いてみると、小烏丸の柄が妙にぐらついています。そればかりか、計ってみると、心持ち長かった小烏丸の刀身と獅子の子の刃渡りが同じなのです。

「不思議な」

為義は太刀の柄《つか》を外してみました。すると、小烏丸の、目貫の内側にある目釘が折れ、柄の

中に二分（約六ミリ）ほど茎《なかご》が食い込んでいるのが見つかります。

これで二刀同じ長さになった理由《わけ》はわかりましたが、なぜそんなところが折れたのか説明がつきません。

「これは、我らの見ていないところで獅子の子が小烏丸に斬りかかり、目釘を折ったのだろう」

刀の格として、髭切以来の歴史を誇る獅子の子が、新出来《あらでき》の太刀に「友」と呼ばれ、しかも刀身の長いことを憎んだのだ、と源氏の人々は解釈しました。

結果、獅子の子は「友切」と名を変え、当然、二太刀は同じ部屋に置かれることがなくなります。そして保元元年（一一五六）、崇徳《すとく》上皇・後白河《ごしらかわ》天皇の権力争いから発した保元の乱では、為義は嫡男の義朝《よしとも》と争い、敗れて斬られます。この時、友切は義朝の手に残りましたが、小烏丸は行方不明となりました。

続く平治の乱（一一五九）。平清盛《たいらのきよもり》と争った義朝は、今度は敗者の側にまわり京を落ちる身となります。

近江比良《おうみひら》（滋賀県大津市）の宿にたどり着いた義朝は、友切についた血を拭うと、しみじみその物打《ものうち》のあたりを眺めて、

「この太刀の向かうところ、敵無しと謳《うた》われたのは昔の話か。今は八幡神の御加護も失せ果て

たと見える」

戦いの疲れで、そのまま目を閉じると、夢の中に八幡大菩薩が現れました。

「我は汝《なんじ》らを見捨てたのではない。汝らが守り刀の名を幾度も変えたので、霊験が薄くなったのだ。ことに、友切の名は悪い。これは親族や友と討ち合う名である。すぐに名を戻すべし」

目が覚めた義朝は、急ぎ身を清め、石清水八幡宮の方角を拝みます。

「これより初心に戻り、この太刀の名を髭切に戻します。何とぞ、我をお守り下さい」

しかし、義朝の願いも空しく、彼は渥美《あつみ》半島の野間《のま》まで落ちのびた後、信頼する地元の武士に謀殺されてしまいます。

髭切は、その時、戦って血路を開いた義朝の家来が持って逃れた。あるいは、謀殺側の武士が捕獲して平氏に献上したとも言われています。

後の説には、落武者狩りで捕らえられた年少の頼朝が伊豆に流される時、哀れに思った清盛が、亡父の形見として頼朝に渡した、という一種の美談になっています。

以来、約二十年。髭切は伊豆に置かれ、治承四年（一一八〇）八月、頼朝が平氏に叛旗をひるがえした時も、その傍らにありました。

建久元年（一一九〇）。平家滅亡後、頼朝は後白河法皇に謁《えっ》するため京に入りましたが、彼の行列の中でひと際目立つ太刀添え役は、髭切を奉持していました。

でした。

「あれが鬼退治の太刀や」
「茨木童子を斬った太刀よの」
と都の人々はひそひそと語り合い、名実ともに東国武士の世がやって来たことを実感したのでした。

その後、髭切は、鎌倉幕府名誉の太刀として伝承されました。

三代将軍実朝《さねとも》暗殺の後、北条《ほうじょう》氏の執権政治が始まっても、京都から下ってくるお飾りの将軍を守り、その将軍が去った後も鎌倉に残りました。

鎌倉幕府滅亡の際は、危うく焼け身になるところでしたが助かり、やがて勝者新田義貞《にったよしさだ》の手に移ります。

「髭切は元々源氏の太刀だ。平氏の血をひく北条氏が持つべきではなかったのだ」

義貞は喜びますが、彼の死後は再び転々とします。

室町時代に入ると、足利《あしかが》氏の重臣斯波《しば》氏の一族が羽州《うしゅう》探題最上《もがみ》氏となり、太刀はその家に入ります。

戦国末期、最上氏の義光《よしあき》は領土を拡大。この頃、小田原を攻める豊臣秀吉《とよとみひでよし》にいち早く服従して所領を安堵されました。

最上義光は、機を見るに敏《びん》でしたが、またかたくなな一面もありました。

刀好きの秀吉が、大坂城の刀蔵に髭切を収めようと、あれこれ申しかけて来た時は、

「源氏重代の太刀は由緒なき者が持てば、害その身に及ぶこと、史実が証明しております。しかも髭切は、鬼を斬った禍太刀《まがつたち》。天下人にお渡しするのはおそれ多し」

と言葉巧みにこれを断ります。

関ヶ原の役では東軍について、山形五十七万石を得ますが、この時も徳川家へお礼として髭切を差し出すべきだ、という周囲の声に、

「わしが髭切に固執《こしゅう》するのではない。髭切がわしを好いて離れぬのだ。汝らはその仲を引き裂くのか」

義光は怒った、といいます。

最上家は、彼の孫義俊《よしとし》の代で騒動があり改易されますが、髭切を手放すことはなく、大正時代まで同家にあり、その後は京都北野天満宮に奉納されました。

天神様は、日本第一の怨霊神とされていますから、髭切の霊力より格が上ということなのでしょうか。

太刀は現在も同社の宝物殿にあり、重要文化財に指定されています。

二、酒呑童子を斬った太刀「安綱」

「鬼」は、今でこそ頭に角をつけた異形の怪物をイメージしますが、もともとは死者や霊魂《れいこん》を表す言葉でした。古代中国の奇譚に、旅先で一緒になった人へいろいろ親切にしてあげると、別れ際、「私は鬼なのです」と正体を明かして葬式の列に入った、という話が出てきます。

初めは、その外見も人と見分けのつかぬものだったのでしょう。これが見るからに恐ろしい形へと変わっていったのは、道教や陰陽道思想のひろがりと関係しています。

鬼や魔が入り込む方角は、俗に丑寅《うしとら》（東北）と言います。そこで、牛を表す角《つの》に虎皮の下帯を締め、全体のイメージは、大晦日《おおみそか》に宮中の追儺《ついな》式で疫鬼《えきき》を祓《はら》う方相氏《ほうそうし》のそれに似せた形にしたのだ、といいます。

この鬼を退治する道具も、初めは桑《くわ》の弓、蓬《よもぎ》の矢、桃の枝などでした。

時代が下るにつれて、そんなやさしげな武器では非力、という考えが広まり、ついに平安時代、鉄器の雄《ゆう》である刀剣が一番ということになりました。

鬼に金棒――これも鉄器信仰です――といいますが、鬼滅には鬼切りの刀を用いる、という思想は、その後も我が国の人々の心に脈々と受け継がれていくのです。

江戸時代の安永七年（一七七八）に出た『武江年表《ぶこうねんぴょう》』六月の条に、

「（江戸両国の）鬼娘と言える見世物など、いずれも多く賑《にぎ》わいしとぞ」

とあります。この鬼娘は、

「伯耆国《ほうきこく》（鳥取県西部）大山《だいせん》の麓多佐江村《たさえむら》、太次衛門《たじえもん》の娘お松の子。生まれ落ちた時から頭に角《つの》が生え、口は耳の際《きわ》まで裂けて……」

という口上とともに、藤の花紋様の振り袖で登場し、木戸銭は八文から十文であったそうです。


江戸時代に入ると、ついに鬼も見世物となるのですが、この鬼娘、人気があって、寄席の一《ひと》口噺《くちばなし》の題材にもなります。

「毎日、見世物が大盛況。客は引きもきらず。小屋の者は皆、ゆっくりと食事もとれません。気をきかせた座頭《ざがしら》が、握り飯を大量に盛りあげて、『さあ、みんな、食え食え』と勧めます。皆、喜びますが、鬼娘一人だけが『わしゃ嫌じゃ、嫌じゃ』駄々をこねます。『なぜ嫌がる』と座頭が問えば、鬼娘『わしが食えば身が切れます』」

握り飯——おにぎり（鬼切り）という洒落《しゃれ》で、どこまでもコンセプトに忠実な鬼娘、という話でした。


この時、江戸の庶民が思い浮かべた「鬼切」とは、渡辺綱が茨木童子を切った同名の太刀

「鬼切」（前述）ではありません。実はそれよりも世に知られた太刀があったのです。その名は「童子切安綱《どうじぎりやすつな》」。あの酒呑童子を斬ったとされる名刀です。当時、その「童子切」は、津山藩松平家江戸屋敷に置かれていました。

安綱を語る前に、まず酒呑童子について触れなければなりません。

酒呑童子は、酒顚童子、酒天童子などと書く本もありますが、いずれも鬼の姿をして都の財物を掠《うば》い、婦女子を掠奪《りょうだつ》した盗賊、というところは共通しています。

しかし、その討たれた場所は、丹波《たんば》国大江山《おおえやま》（京都府西北部）、あるいは近江国伊吹山《いぶきやま》（滋賀県北部・岐阜県西南部）と一定していません。なにしろ物語は平安中期、紫式部《むらさきしきぶ》や清少《せいしょう》納言《なごん》が宮廷で火花を散らしていた時代に始まり、それが説話本や御伽草子の普及でようやく庶民の間に知られたのが、南北朝・室町時代なのです。

一条《いちじょう》天皇の御世（九八六—一〇一一）、伊吹の弥三郎《やさぶろう》の姫が何者とも知れぬ男の子を生みます。が、その子は生まれついてすぐに歩きまわり、髪は肩まであるという異形でした。弥三郎はこの子を嫌い、伊吹山の山中に捨てますが、母の姫が心配になって出かけてみると、山の獣たちが木の実を運び、沢の水を飲んで、子供は元気に育っていました。弥三郎は恐怖し、自らの手で殺そうとしましたが、比叡山の僧がそれを知って、山の僧院に子を引きとります。

子供は寺で雑用をする堂《どう》童子として養われますが、ある日、にわかに妖術を覚えて、僧たちに迷惑をかけ始めます。その後、山を脱走。「酒呑」と名乗って盗賊の頭となって都で暴れます。被害にあうのは、主に有力貴族の屋敷でした。

時の帝、一条天皇はこれを憂《うれ》いて、摂津《せっつ》源氏の頭領、源頼光に酒呑の退治を命じました。らいこう（頼光）は、配下の四天王、渡辺綱・坂田金時《さかたのきんとき》・卜部季武《うらべのすえたけ》・碓井貞光《うすいのさだみつ》と山伏の姿に身をやつし、敵の本拠大江山に向かいます。

その時、彼の腰にあったのが、父の源満仲《みつなか》から護られた伯耆国の名工大原安綱《おおはらやすつな》の太刀でした。

山中で彼らは三人の老人に出会います。

「お前さんたちは、帝の御命令で来たのでしょう。これを持っていきなさい」

酒壺と鉢《はち》だけの兜を手渡します。

「この酒は人には滋養《じよう》、鬼には猛毒となる『神便鬼毒酒《じんべんきどくしゅ》』じゃ。お前さんたちは荷物を軽くするために、兜を持ってきておらぬはず。大将たる者、用心のために被っておきなさい」

と言うと老人たちは消えてしまいます。

やがて酒呑童子の山砦《さんさい》に着いた五人は、言葉巧みに鬼たちへとり入ります。この時、現れた酒呑童子は、美女を引き連れた顔形の美しい若者でした。

やがて持参の酒を勧めて酒宴となり、鬼の子分どもは酔いつぶれ、酒呑童子も奥の間に引きとります。好機とばかり五人は寝ている鬼たちを刺し殺し、奥の間に走りました。そこに眠るのは、身の丈が一丈六尺（約五メートル）もある真っ赤な鬼でした。

「これが童子の正体か」

五人は酒呑童子の身体へ散々に斬りつけますが、四肢は鉄のように堅く、なかなか刃先が通りません。

酒呑が唸り声をあげて起きあがります。最後に頼光の太刀安綱が、その首筋に食い込んで、ついに首が飛びました。

「やったぞ」

と思うもつかの間。首は最後の力を振りしぼって宙を飛び、頼光の頭に食らいつきます。しかし、その牙《きば》は彼の被る兜鉢に当たって折れ、頼光は無事であった、ということです。

……というような物語の後、刀は源氏宗家に長く伝わりました、と書くとめでたしめでたしですが、そう話はうまくいきません。

鬼を斬った太刀は、どうにもその怨念から逃れられぬ運命にあるらしく、鎌倉時代以来、難を避けるため各地の寺社を転々として、ついに行方不明となります。

ようやくその所在が知れたのは、室町時代中頃です。幕府管領《かんれい》の下に付く評定衆の一人、摂津氏の屋敷内に特別な部屋を設けて安置されていた、といいます。摂津氏は、源頼光の旧領を給地とする歴《れき》とした子孫の家でした。

摂津氏に安綱の保管を命じたのは、足利将軍家ではないかと思われます。これが摂津氏の屋敷を出て将軍の御所に収まったのは、おそらく「万人恐怖《ばんにんきょうふ》」と恐れられた六代将軍義教《よしのり》の代でしょう。四代・五代将軍の相継ぐ死の後、籤引《くじび》きで将軍の座に納まった義教は、そのコンプレックスからか、

「将軍は強くあらねばならない」

と言い続けました。関東で自立を計る鎌倉公方家を滅亡に追い込み、僅かな罪で公家や僧侶を罰し、守護大名の相継に介入するなど、いたずらに権力を振りまわします。

この人が鎌倉公方を挑発するために、駿河で富士遊覧を行った際、童子切安綱はすでに、彼の太刀持ちが奉持したといいます。

しかし、独裁者のこうした気まぐれで振りまわされることに飽きた元侍所別当赤松満祐《あかまつみつすけ》が、将軍暗殺を企みました。

その計画とは、京西洞院《にしのとういん》赤松邸に義教を招き、宴たけなわとなった頃、庭に暴れ馬を放って、その騒ぎに乗じた刺客たちが四方から襲う、というものです。

嘉吉《かきつ》元年（一四四一）六月二十四日の夕刻。陰謀は粛々《しゅくしゅく》と実行に移されました。

時ならぬ馬の嘶《いなな》きに、何事と盃を置いた義教の背後から、薙刀《なぎなた》を構えた男たちが駆け寄りま

す。

「太刀を、太刀を」

誰かが叫びますが、太刀持ちを始め管領の細川持之《ほそかわもちゆき》さえも、すでにその場から逃げ出していました。

気丈な義教は腰刀に手をかけます。が、あっけ無く討ち取られました。

将軍の首をあげた赤松満祐は、屋敷に火を放つと、堂々と領国の播磨へ戻ります。

将軍暗殺という異常事態は、以後幕府の権力を一気に衰えさせていくのです。


将軍の御所に無事戻った童子切安綱が、再びその姿を現すのは、それから百二十四年後のことです。

天文十五年（一五四六）、十三代将軍となった義輝《よしてる》は、畿内《きない》の有力大名によって全くの操り人形と化した将軍の権威を復活させるため、並々ならぬ努力を払いました。

彼は本来歩卒の技とされた兵法《ひょうほう》（剣術）を、常陸国《ひたち》（茨城県）の剣聖と呼ばれた塚原卜伝《つかはらぼくでん》から学び、新当流の印可《いんか》まで受けていました。

これは刺客などの襲撃に備えたものでした。義輝の脳裏には常に、嘉吉元年の赤松邸で死んだ六代義教の姿があったのです。

「将軍は武門の頭領だ。どんなことがあろうと、余《よ》は太刀に手もかけず死ぬような、無様《ぶざま》な真似はせぬぞ」

やがて、その言葉は現実のものとなります。

永禄八年（一五六五）、義輝のたび重なる自立工作に我慢ならなくなった松永久秀《まつながひさひで》は、三好《みよし》三人衆と語らい、義輝排除に動きます。

同年五月十九日の晩、松永・三好の軍勢は、二条の将軍御所を襲いました。かねてこの時が来ることを予想していた義輝。僅かな家臣と、これを迎えて戦います。

初代尊氏《たかうじ》以来、足利家に伝わる「御小袖《おこそで》」の大鎧をまとい、刀蔵から有りったけの刀を持ち出します。

それを庭に面した濡れ縁に、鞘を払って突き立て、取り代え引き代え、攻め寄せる鎧武者を斬りました。

塚原卜伝より印可を受けた腕前。振るう太刀は童子切安綱・大典太光世《おおてんたみつよ》・鬼丸国綱《くにつな》・大般若《だいはんにゃ》長光《ながみつ》・骨喰藤四郎《ほねばみとうしろう》といった稀代《きたい》の名刀。

刃先に人脂《じんし》（人間の脂肪分）が張りついて斬れ味が鈍ると、投げ捨てて次の刀を用いるという、将軍ならではの贅沢な使いです。寄手は恐れて、ついに近づかなくなりました。

義輝はひと息つくと、自分の腰刀や室内の茶器を庭先に投げて、

「お前たちが生涯触れることも無いであろう天下の名宝。それ、くれてやるぞ」

欲にかられて走り寄る敵兵をまた斬ります。

しかし、寄手の中にも知恵者はいました。

「刀がいかに名刀でも、扱う腕の長さは、たかが知れている。四方から追い詰めて一気に押し倒せば良いのだ」

御所の戸板を持ち出して、義輝を取り囲みます。顔へ押し被せるように戸を押し重ね、義輝の足元がふらつくところを引き倒して、その隙間から槍や薙刀を差し入れ突き入れ。ようやく将軍義輝の首をあげた、と『光源院日録《こうげんいんにちろく》』には出ています。


永禄の変と呼ばれるこの夜の戦いで、多くの名刀が折れ、焼け身となり、名もなき雑兵の手で持ち去られましたが、童子切安綱は、大典太三世・鬼丸国綱・骨喰藤四郎とともに無事回収されました。

時が移り、これらの名刀は豊臣秀吉の元に集まります。その伝来については、織田信長《おだのぶなが》の上洛後、これに従った松永久秀が献上（とは聞こえが良いのですが、実際には召し上げ）後、秀吉にまわったという説。あるいは信長に献上された太刀類が十五代将軍義昭《よしあき》へ。義昭が京から追放される時に持って逃げ、後に秀吉へ譲ったという二通りの話が伝わっています。また、秀吉の刀を鑑定《めきき》する本阿弥光徳《ほんあみこうとく》が残した『光徳刀絵図《とうえず》』の安綱は、現状の「童子切」と僅かに異なり、大坂城中にあったものは、別の安綱という説もあるのです。

その後、秀吉は童子切を徳川家康《とくがわいえやす》に贈り、家康は息子秀忠《ひでただ》に譲ります。秀忠は三女の勝姫《かつひめ》が自分の甥の越前宰相松平忠直《まつだいらただなお》のもとに嫁ぐ時、守り刀として持たせました。

やがて勝姫には男子が生まれますが、この子はなかなか疳《かん》の虫（小児神経症の一種）が強く、夜泣きが治まりません。勝姫も奥付きの者も困り果てている時、ある者が恐る恐る、

「御当家の童子切を、枕元に置かれてみては」

と提案します。

「なるほど、鬼を斬った太刀じゃ。疳の虫が逃げ出すかも知れぬ」

勝姫が試しに安綱を赤子のそばに置くと、驚いたことに、夜泣きは治まります。

「やはり名刀の力とは、たいしたものだ」

越前《えちぜん》（福井県）の人々は噂しました。

しかし、この男子（後の光長《みつなが》）が九歳の年、元和九年（一六二三）。父忠直は幕府に御乱行の罪を被せられ、豊後《ぶんご》国荻原（大分県豊後大野市）に流罪となります。

光長は長じて後、越後高田《えちごたかだ》（新潟県上越市）の城主となりますが、天和元年（一六八一）五代将軍綱吉《つなよし》の頃、領内に騒動があり、父と同じく改易。その身は伊予松山（愛媛県松山市）に

流されてしまいました。

「やはり、足利将軍以来、童子切は持ち主に祟るのやも知れぬ」

越後高田の人々は噂します。その安綱を江戸の某家に預けて光長は配流先に向かいました。

そして七年。御賄料《おまかないりょう》三万石を得て、赦免《しゃめん》された光長は、江戸に戻ります。

久しぶりに再会した安綱の鞘を払ってみると刀身に胡麻錆《ごまさび》が散っていました。

某家では安綱の祟りを恐れて、一度も触れなかった、というのです。

「不憫《ふびん》なことだ」

光長は、研ぎの本阿弥家に、急ぎ手入れを依頼しました。

使者が刀箱を持って、本阿弥家のある上野広小路に向かった次の日、未明。神田筋違い御門のあたりから上野に向かって、数百匹の狐が走っていくのが目撃されました。

これは異変の前触れか、と心配した町民が高名な筮卜者《ぜいぼくしゃ》（占い師）に尋ねると、その人は筮竹をさらさら振って、

「心配には及ばぬ。狐は霊力の強いものに寄り憑く。これは内神田松平屋敷にあった童子切の太刀が上野に移ったため、付き従って行ったのだろう」

という見立てでした。この狐の奇瑞《きずい》はその後も続きます。本阿弥家の近所で火事騒ぎがあると、必ず屋根に白狐がいて、注意を促すとされていました。

童子切安綱の研ぎが終わった頃、これもちょうど本阿弥家へ研ぎに入っていた名刀石田正宗《いしだまさむね》と、刀比べが行なわれました。

この石田正宗は、その名の通り石田三成《いしだみつなり》が所持し、慶長四年（一五九九）、佐和山蟄居《さわやまちっきょ》の際、彼を守った家康の次男・結城秀康《ゆうきひでやす》に贈られたとされています。秀康は光長の祖父ですから、時ならぬ同族の刀対決となりましたが、そこに集まった本阿弥家の人々は、刀の姿・刃紋など全て安綱の勝ち、と判定しました。

安綱もこの結果に気を良くしたのでしょうか。以来、さしたる祟りもなく松平家に収まり続けます。元禄十一年（一六九八）には、光長の養子宣富《のりとみ》が、美作津山《みまさかつやま》（岡山県北部）に十万石という好条件で転封。安綱は、津山松平家の誇るべき宝刀《ほうとう》という立場を得るのです。

そんな時、この伝家の宝刀がいかなる斬れ味か、試そうという話が出ました。なにしろ安綱が人を斬るのは、足利十三代将軍が、二条第に押し寄せる軍兵を斬って以来のことです。

「おもしろい」

藩主宣富の許可も出て、屋敷内に土壇《どたん》（土の台）が築かれました。

試し斬りに用いるのは、主に刑場で首を切った後の死骸です。これを「お仕置骸《しおきがら》」と称します。魂の抜けた人の殻。逆に生きた人間を斬るのは「生き胴」と呼び、後始末が大変なのか、この時代の大名屋敷ではあまり行ないません。

運び込まれたお仕置穀は六体です。普通、用いられるのは、二体、多くても四体ですから、試し斬りを見慣れた侍たちも、それには少し驚きました。

斬り手は同藩の据《す》えもの斬り名人、町田長太夫《まちだちょうだゆう》という侍です。

六体重ねたところを、長太夫は傍らの台から飛び降り様《ざま》、掛け声をあげて切り込みました。

安綱は真っ直ぐに六体を断ち切り、刃先は土壇に食い込みます。

「刀も刀、斬り手も斬り手である」

「足利の光源院（義輝）が、鎧ごと雑兵を斬ったというのは、これか」

元禄太平と呼ばれた平和な時代。赤穂浪士の討入で世が騒然とする四年も前の話です。

童子切安綱・町田長太夫の名は、しばし江戸っ子の話題をさらいました。

その後も安綱は何事もなく松平家に伝わり、幕末には「天下五剣」と称されます。明治、大正を過ぎ、昭和八年（一九三三）には国宝認定。

戦後、個人の手に渡りますが、文化庁が買い上げ、現在は松平忠直が付けた拵とともに東京国立博物館の所蔵になっています。

三、流転する鬼丸「藤六国綱」

天下五剣のひとつに数えられる「鬼丸《おにまる》」の太刀は、現在宮内庁の御物《ぎょぶつ》になっていますが、これも鬼斬りの伝承を持っています。

作刀は京（山城国）の藤六国綱《とうろくくにつな》。鎌倉時代、粟田口《あわたぐち》派の名工です。刃渡り二尺五寸八分（約七十八・二センチ）。全体が大きく湾曲した輪反《わぞり》で、豪壮な形。これに付く拵も、柄《つか》・鞘・鍔《つば》ともに革で包まれた実用一点張りの作りです。

この拵は「鬼丸拵」と言い、刀の図鑑に鬼丸が載る時は、必ずと言って良いほどこの拵の写真も添えられますが、製作年代は鎌倉期より少し下るようです。

国綱は、東国で武士が活発に動き始めると、早々と京に見切りをつけ、鎌倉に下りました。一説に、北条氏の招きを受けたと伝えられていますが、そのあたりはよくわかっていません。最初に「鬼丸」を佩《は》いた人も、頼朝の舅《しゅうと》で源氏旗上げの功労者北条時政《ときまさ》（北条政子《まさこ》の父）、あるいは彼の子孫の北条時頼《ときより》と伝えられており、そのあたりも諸説ありますが、本書では、江戸時代の研究家大村加卜《おおむらかぼく》の説に従って、時頼説をとります。

時頼は、幕府の五代執権として、北条氏の独裁制をほぼ確立した人です。出家した後も最《さい》明《みょうじ》寺殿と呼ばれて、武士たちに恐れられましたが、また、旅の僧に扮《ふん》して諸国を巡り歩き、民情を視察したという伝説でも知られた人です。

この時頼が、政争に忙殺されていた頃といいますから、鎌倉で三浦氏の乱と呼ばれる宝治《ほうじ》合戦が起きる直前のことでしょう。

連日、極秘の会議が続き、その心身疲労が重なったものか、時頼は睡眠不足に陥ります。しかも、たまに眠くなると、決まって悪夢を見るのです。丈《たけ》一尺（約三十センチ）ほどの小鬼が寝所《しんじょ》に現れ、時頼の身体の上で飛び跳ねたり、蹴りつけたりします。追い払おうにも身体が金縛りにあって動けません。

朝に目覚めても気分がすぐれず、しばらくすると時頼は、病み衰えた人のようになってしまいました。

すぐに悪夢退散の加持祈禱《かじきとう》が行なわれました。が、全く効果はありません。

（あの小鬼めは、何であろうか）

時頼は悩みつつ昼間、脇息《きょうそく》（肘かけ）にもたれてうとうとします。

と、そこでまた夢を見ますが、出てきたのは小鬼ではなく、一人の老人でした。

「我は汝の守り太刀である」

と老人は言います。

「汝に仇《あだ》なす鬼めを退治しようと思うが、汚《けが》れた人の手で触れられたために鞘の内で錆《さ》びてしまった。これを早く拭うように」

はっとして眠りからさめた時頼は、急いで佩刀《はいとう》の柄《つか》を握りました。鞘を払うと、なるほど錆が浮いています。

時頼は井戸端に行って身を清め、刃に砥石をかけました。およそこの時代の武士は、彼ほどの身分でも、愛刀を己の手で研ぐぐらいのことはできたのです。

砥ぎ水を拭い、刃に油をひき、乾かすためしばらく抜き身のままで柱に立てかけておきました。

ひと作業終えて、時頼は再びうつらうつらします。

夢とも現《うつつ》ともわからぬ中に、またしても小鬼が出現しました。

その時、立てかけられた刀が急に動いて、小鬼の首を、さくりと斬り落としたのです。

目覚めた時頼が柱を見ると、そこに立てかけてあった太刀が倒れ、傍らに置かれたぶ厚い銅火鉢の縁《へり》を削っていました。

「我が佩刀ながらたいした切れ味」

火鉢の断ち面をよくよく見ると、そこには小さく鬼の姿が鋳込《いこ》まれていました。

刃先がその鬼の顔をきれいに削ぎ落としていたのです。

「我を悩ます小鬼の正体は、これか」

おそらくその銅火鉢も、名のある鋳物師の作であったのでしょう。

「器物に軽々しく鬼畜《きちく》の姿を写すべからず、とは古人の教えだが、まさしく」

時頼は以来気力を取り戻して、執権職に専念しました。

そして太刀に「鬼丸」と名付け、生涯身近に置き続けたということです。


鬼丸国綱は、代々の北条得宗家《とくそうけ》(嫡流)に受け継がれますが、元弘三年(一三三三)幕府滅亡後、鎌倉を一時離れます。

十四代執権の北条高時《たかとき》は、その太刀を子の時行《ときゆき》に託《たく》して自害します。信濃(長野県)に逃れた時行は二年後、鎌倉を一時奪還するものの敗走。太刀は彼の異母兄邦時《くにとき》の手に。その後、邦時を捕らえた天皇方の新田義貞の手に落ちました。

義貞は、三年ほどその太刀を愛用しますが、足利尊氏との戦いの中で、彼は追い詰められていきます。

暦応元年(南朝暦・延元三年・一三三八)。越前藤島(福井市)で馬を馳《は》せていた義貞は敵と遭遇します。相手はその頃の流行りである強力な雑兵弓を揃えていました。対する義貞側は、騎馬兵ばかりで、矢防ぎの楯《たて》さえありません。

たちまち追い詰められた義貞は、湿地に馬の脚をとられます。鬼丸を抜き、飛んで来る矢を切り防ぎますが、全身針ネズミのようになって討ち死にしました。

義貞の首をあげたのは、後に越前・若狭の守護となる斯波高経《しばたかつね》です。

総大将足利尊氏に、新田討取りを報告すると、流石に尊氏は鬼丸の存在を心得ていて、

「義貞の愛刀も捕獲したであろう」

差し出すように、と命じます。

高経は泥田の中から鬼丸を回収していましたが、尊氏に渡すのが惜しくなり、

「乱戦の中で、太刀は焼け身になって候《そうろう》」

と、そのあたりにあった焼け太刀を提出しました。

「わかりやすい嘘をつく奴だ」

尊氏は苦笑いして、それ以上の追及はしませんでした。しかし、直後から高経の周辺で、しきりと怪しいことが起き始めます。

深夜、寝所のまわりに十二単《ひとえ》を着た女性が行き来し、その顔は鬼です。また、太刀持ちの小童《こわらわ》が急死。近侍《きんじ》の者同士が突然斬り合って死ぬなど、異常な事態が多発しました。

高経も恐ろしくなり、あわてて尊氏に、

「よく調べ直したところ、本物が出て参りました」

と鬼丸を献上します。

以来、この太刀は足利将軍家の刀櫃《かたなびつ》に収まることになりました。

「太刀は所持する者の格を選ぶ。北条得宗家の名刀が、斯波程度の手元に収まるわけがないではないか」

と刀をよく知る人々は語り合いました。

しかし、将軍家の権威も、鬼丸を腰に戦場へ出た三代義満《よしみつ》の頃が絶頂期で、その後は下降線をたどります。

応仁・文明の乱以後、将軍職は飾りと化し、これに抵抗した十三代将軍義輝《よしてる》が永禄八年（一五六五）御所で闘死すると、鬼丸は一時行方不明。

再び世に現れるのは、十五代将軍義昭が京に戻った時です。後見人の織田信長が鬼丸を義昭から譲られて安土城に持ち帰りますが、本能寺で敗死。しかし鬼丸は無事、次の天下人秀吉《ひでよし》の手に移ります（一説には義昭から秀吉に渡されたとも言われています）。

なるほど、鬼丸の太刀には、時の権力者に添う性癖があるようです。

ところが、秀吉の方が鬼丸を嫌いました。いや、その由来を聞いて、ひどく恐れたようです。

「こうした霊力の強い太刀は、都の鬼門《きもん》除《よ》けにすべきだ」

と、刀剣の鑑定《めきき》、京の本阿弥光徳に預け、あまり触れることはなかった、といいます。

秀吉が死ぬと本阿弥家では、鬼丸の新たな持ち主を探しました。そして、

「足利将軍家の太刀は当代の、征夷大将軍《せいいたいしょうぐん》の家に置くべきである」

という結論に達し、徳川家に献上します。

徳川家康も、鬼丸を一時手元に置きましたが、やはり怪しいものを感じたのか、

「以前のように本阿弥家が保管するように」

と言って京に差し戻しました。

家康の死後、徳川幕府では、鬼丸を後水尾《ごみずのお》天皇に献上します。皇子誕生の祝い太刀としてでした。故実《こじつ》（古い作法・慣例）を知る人の中には、

「あのような持ち主を転々とする太刀を、皇室の祝いに用いるべきではない」

と反対意見も出ましたが、案の定、皇子はわずか四歳で早世《そうせい》してしまいます。

「やはり鬼丸は不吉である」

朝廷は、京の本阿弥家へ即座に戻します。

鬼丸は以後百年以上、本阿弥家を動くことはありませんでした。

再び注目されたのは、八代将軍吉宗《よしむね》の時代です。武士の本分である武芸を奨励する吉宗は、

世にある名剣の目録を作らせましたが、その際、参考品として鬼丸を江戸に運ばせました。幕臣のうちでこれを危ぶむ者が、吉宗に意見して、

「神君（家康）も千代田（江戸城）に入れることを恐れた太刀でございますぞ」

と言いましたが、吉宗は笑い飛ばしました。

「鬼避けを恐れては、己が鬼ということを認めたことになってしまう」

吉宗のもとに運ばれてきた鬼丸は、その豪胆さに呆れてしまったのか、以後これといった祟りもなく、江戸城で明治維新を迎えます。

明治二年（一八六九）東京遷都の後。皇室は江戸城から移管された財物の目録を作成しますが、その際、鬼丸の所有者が不明となりました。

「徳川家に返すべきか、皇室の所有とすべきか」

故実家が資料を持ち寄り、あれこれ調べます。そして、

「後水尾天皇の代に徳川家より献上され、本阿弥家が保管。八代吉宗の代に、江戸へ勝手に持ち出されたもの。依然皇室の所有であることに変わりは無し」

との結論に達しました。

喜んだのは、刀剣の収集家としても名高い明治天皇です。

皇居の御文庫《おぶんこ》に鬼丸を収めた天皇は、時折私室に運ばせて鑑賞しました。明治の元勲《げんくん》の中に

も陪観《ばいかん》（身分の高い人に従って鑑賞すること）した人は多かったようですが、その際は何の異変もなかった、といいます。

戦後は皇室から宮内庁に移管されて御物となり、時折博物館で展示されるのは、前にも書いた通りです。

四、鬼と化す大工「鉋切長光」

西に向かう新幹線が、関ヶ原の黒々とした山間を抜けると、視界がパッと開けて、右手に巨大な山が現れます。

冬場はここだけ真っ白く雪を被り、神々しいまでの美しさです。それが古来数々の物語を生んできた伊吹山（標高一三七七メートル）です。

景行《けいこう》天皇の皇子小碓命《おうすのみこと》（日本武尊《やまとたけるのみこと》）は、この山で白い猪と出合い、病を得て没しました。鬼の首領酒天童子は、伊吹山に捨てられて魔力を得ます。平安以来、この地を行く旅人は伊吹山に潜む異形の山賊たちに悩まされました。

永禄十二年（一五六九）一月。三好三人衆に襲われた将軍義昭を救うため、信長は僅か数騎で京に走りましたが、この山で吹雪に遭遇して部下たちは凍傷に疵つき、信長自身も危うかったといいます。

信長が、美濃と京の間に新たな拠点、後の安土《あづち》築城を思い立ったのはこの時とされています。

伊吹山には刀に関する話も残っています。

足利九代将軍義尚《よしひさ》が、近江に出陣する前年の文明十八年（一四八六）のことでしょうか。一人の伴を連れて、この山を行く武士がおりました。近江六角高頼《ろっかくたかより》の被官《ひかん》、堅田又五郎《かただまたごろう》という人です。

堅田氏は、比叡山の麓堅田から出て、一時は琵琶湖の水上交易を独占し、京の口さがない人々からは「湖賊《こぞく》」などと呼ばれた精悍《せいかん》な一族です。

又五郎もその血をひいて、当時流行り始めた兵法《ひょうほう》（抜刀術）の達人でした。

その腕を六角高頼に見込まれて、単身美濃に行き、何やらの工作をして戻る途中です。彼の伴は大工だったといいますから、将軍の近江攻めに備えて六角氏が、砦造《とりで》りに招いた者とも考えられます。

ところが、この大工というのが曲者でした。

『享保名物帳《きょうほうめいぶつちょう》』の記述によれば、

「道が山陰《やまかげ》に交わるところまで来ると」

突如、その大工の形相が変わり、鬼に変じたというのです。

食いついてこようとするその鬼を辛くもかわした又五郎、

「迷《まよ》うたか」

と一声、腰の刀に手をかけました。この時彼は、旅の心得として、太刀拵ではなく帯に小太刀を差していました。兵法家らしいその心得が又五郎を助けます。

素早く抜いて横に払うと、鬼は背を見せて退きました。そこへさらにひと振り。

金属音とともに、鬼は背中から両断されます。

「鬼斬りとは、堅物を斬る心地がするのか」

手の内に残る感触の不思議さを味わいながら又五郎は、足元を見ます。鬼はすでに事切れており、その表情は元の大工のそれに戻っていました。

さらに死骸を改めると、後に背負っていた道具袋の内、鉋《かんな》だけが見事に断ち切られています。

「流石は、備前長船の住人長光《ながみつ》の作だ」

これは、彼が学んだ兵法のおかげでもあるのでしょう。太刀拵に比べて、帯差しの刀は、一呼吸早く抜き打ちが可能なのです。

又五郎は、その鉋を事件の証拠として持ち帰りました。

又五郎の武勇を伝え聞いた主人六角高頼は、

「その刀を見たいものだ」

と、言い出しました。高頼は応仁の乱が長期化すると、急ぎ近江の所領へとって返し、周辺の寺社領や幕府奉公衆の土地を次々に奪い取った強欲者です。この場合、刀を見せろということは、寄越《よこ》せということなのです。

「武勇も、時によりけりだなあ」

又五郎は諦めて愛刀を高頼に差し出しました。その後、すぐに高頼は将軍義尚の追討を受けて近江南部、甲賀《こうが》の山中に逃亡します。

しばらく息を潜めているうちに、将軍は陣中で病死（甲賀・伊賀の乱波《らっぱ》に襲われて死んだという説もあります）。高頼の一族は息を吹き返しました。

「鉋切《かんなぎり》」長光も、高頼の跡継ぎ氏綱《うじつな》、その弟定頼《さだより》、その子の義賢《よしかた》へと伝わりました。

この義賢が、居城観音寺《かんのんじ》に入った頃、瘧《おこり》（熱病）をわずらい長く床につきます。医師の治療も功を奏せず、当時の慣わしとして祈禱師を呼んで占わせると、

「これは身近にある御愛刀に関わる病でございます」

祈禱師は言いました。

「代々の御当主様より伝わって何事もなかった鉋切が、なぜ当代様にだけ祟るのか」

重臣の一人が尋ねると、

「これは昔、堅田又五郎に斬られた鬼の祟りでございましょう。右京大夫（義賢）様の御名に『堅《かた》』の字が入っておりますゆえ、それが祟りを招いたか、と思われます」

「しからば、どうすれば良いのか」

「左様……」

祈禱師は言いにくそうに唇をゆがめました。

「……これを鎮《しず》めるには、古刹《こさつ》百済寺《ひゃくさいじ》に、御当主の身代わりと、鉋切を奉げるのがよろしいかと」

この話を聞いた江州《こうしゅう》鯰江《なまずえ》（近江国・滋賀県東近江市）の城主、鯰江美濃守という者が、名乗りをあげます。

「御屋形様の身代わりとなるのは、武士の誉《ほま》れ」

観音寺城の人々は、美濃守を百済寺の塔頭《たっちゅう》竜花院の墓地に生きながら埋め、鉋切を百済寺に納めました。

義賢の病は、こうして治ります。しかし、さらなる苦難が彼を待っていたのです。

永禄十一年（一五六八）九月。織田信長が足利義昭を奉じて上洛を開始すると、その進路にあたる六角氏はこれに抵抗しました。

領内にあった支城を次々に落とされた義賢は、ついに主城観音寺も包囲されてしまいます。

万策尽きた彼は信長に降伏しました。この時服従の証として鉋切長光は、六角氏秘蔵の茶器とともに織田家へ引き渡されます。命ばかりは助かった義賢は、祖父高頼のように甲賀の山中へ逃れました。

その後、名刀好きの信長は鉋切を十年間、手元に置きます。しかし、「義元左文字」や、「実休《じっきゅう》光忠《みつただ》」のように常の差料《さしりょう》にした、という記録は残されていないのです。

神仏の祟りや妖怪の呪いなど鼻で笑う信長でしたが、一面勘の鋭いところがあり、彼ほどの男でも、この鉋切には気味の悪いものを感じていたのかもしれません。

天正七年（一五七九）七月。安土で相撲の大興行があった頃、信長は配下の丹羽長秀《にわながひで》から、以前渡した名物の周光《しゅうこう》茶碗を召し上げ、代わりに鉋切を与えました。丹羽家に入ったこの刀が蒲生氏郷《がもううじさと》の手に入ったのは、桃山時代に入ってからとされています。

また別の資料では、長秀は長くこの刀を手元に置かず、本能寺の変より以前に、氏郷へ贈ったと記録されています。

蒲生家は、六角氏に尽くす忠臣の家系でした。信長はその武勇を惜しみ、同家と和睦すると、後継ぎの氏郷に自分の娘を娶《めあ》わせます。婿となった彼は、妻から贈られた銀の鯰尾《なまずお》の兜を被って各所に転戦。信長はその若武者振りに増々満足しました。これを見た丹羽長秀が、六角氏ゆかりの鉋切を氏郷に贈った、というのです。

蒲生家の義理堅さは、筋金入りでした。天正十年（一五八二）六月。本能寺の変が起こり、安土にいた織田家ゆかりの女性たちが危うくなると、いち早く人数を派遣して山間部の日野《ひの》に匿い、秀吉にその気働きを賞賛されました。

鉋切は、いつの頃からか魔の憑いた刀ではなく、忠義の刀になったのかもしれません。江戸時代の寛永元年（一六二四）四月。氏郷の孫、蒲生忠郷《ただきと》の江戸屋敷に将軍家光《いえみつ》のお成りがあった時、忠郷は新将軍補任《ぶにん》を言祝ぎ、豊後行平《ぶんごゆきひら》の太刀、貞宗の脇差とともに鉋切長光を献上しました。

鉋切は刃渡り六十センチ弱の小太刀ですから献上当日は、太刀（大）、小太刀（中）、脇差（小）、三種の名刀が三宝《さんぼう》に載せて将軍の前に置かれたことになります。

鉋切はその後、徳川家から加賀前田家、作州森家と巡り、五代将軍綱吉の代に再び徳川家に戻って、以来約二百年間、江戸城にありました。

鉋切にとって千代田のお城は、よほど居心地が良かったのでしょう。

時代が下り大正十二年（一九二三）。関東大震災によって多くの名刀を失った水戸徳川侯爵家に、守り刀として、徳川宗家は鉋切を贈りました。

戦後この刀は重要美術品に認定され、現在は茨城県水戸市の徳川ミュージアム所蔵品となっています。

五、山の鬼に食われた女房

紀伊《きい》国（和歌山県）熊野の片隅に、一人の百姓がおりました。

百姓とはいえ彼の家は、いずれかの戦いに敗れ、辺鄙《へんぴ》なこの地に落ちのびてきた名家の末《すえ》、とされていました。

そのような家柄の者でも、江戸時代に入ると、過酷な年貢の徴収を受けます。

ある年の飢饉で、どうにも生活が成り立たなくなった百姓は、逃散《ちょうさん》（徴税から逃れるため土地を捨てること）を決めました。

家財を捨て、先祖伝来の刀・脇差だけを腰に差し、若い女房の手を引いて山中に分け入ります。

まずは隣国に住む親戚を訪ねようと、道を歩きますが、ここは名にしおう熊野の奥山。土地の者である彼も、ほどなく踏み迷いました。

日暮れて、遠近《おちこち》に狼の遠吠《とおぼ》えも聞こえ、危うく思いましたが、幸い山の尾根沿いに無人の御堂を見つけます。

「されば、一晩ここに泊まろうぞ」

彼は若い女房に言いました。堂の前に火を焚き、膝を抱えていると、何処ともなく女が一人現れて、

「おのおの（あなた方）は、何方《いずかた》より来たり給《たも》うぞ」

と問いかけます。その上品な物腰に、ほっとした百姓は、答えます。

「我らは山の下の者ですが、かくかくしかじかの仕儀《しぎ》にて在所を立ち退きました」

女はしきりに同情する素振りを見せて、

「ともかく夜が明けたら、食事をなさると良い。私が木の実や山菜の採れるところを教えてさしあげましょう」

親切に言います。

喜んだ百姓は、夜明けとともに女の教える通りの場所に出向き、さて堂に戻ってみると女房の姿が見当たりません。

向かいの山の尾根道に、泣き叫ぶ声がするのを聞いてそちらを眺めれば、昨晩会った女とおぼしき者が、女房を軽々と引《ひ》っ提《さ》げて走り行くのが見えます。

「さては山中の鬼が、昨夜の女に化けて、女房を食わんとするか」

急いで隣の山に登り、悲鳴をたよりにあちこち探しましたが、ここも山が深く行方がつかめません。そうこうするうちにまた夜が来て、道がわからなくなりました。

まんじりともせず夜明けを待った百姓は、やっと尾根道を発見して跡をたどります。大古からの杉が幾つも立っているあたりに来ると、血の臭いがするので、ふと見上げれば、身をふたつに引き裂かれた女房の死骸が、枝の端に掛けられています。

百姓はこれを見て嘆き悲しみますが、どうしようもありません。

そこへ、杣人《そまびと》（山仕事の者）がやって来ます。

「汝《なれ》は何を泣くぞ」

と尋ねるので、事の次第を涙ながらに語ると、杣人は、

「さても気の毒な。このあたりには性悪の変化《へんげ》が出るでなあ」

杉の木に掛けられた死骸を見上げて、

「とりあえず、あれを降ろした方が良いだろう。汝が差したる大小を我にくれれば、我が登って進ぜよう」

「それは助かります」

百姓は喜びますが、大刀《だいとう》だけをその杣人に渡し、

「脇差は伝来の品ゆえ、できません」

と断りました。

杣人はちょっと眉をひそめましたが了解して、そこは仕事人、手掛りもない杉の大木をつる

つると登っていきます。

なんなく枝の頂点に上り、女房の死骸に手をかけると、杣人の姿は見る間に鬼の形に変わり、

「わははは」

と打ち笑いながら、女房の死骸を引き裂き引き裂き食らいつきます。

そして胴間声《どうまごえ》（太い声）で、さも悔しそうに、

「汝が腰の脇差無くば、汝もこのように打ち食ろうてやったものを」

と言うと、食い残しの死骸を銜《くわ》えて、虚空《こくう》に消え失せました。

気落ちした百姓は、一人山道をさまよい、ようやく国境いの峠に出ることができました。峠に暮らす者へ尋ねてみると、

「あの御堂は女人結界《にょにんけっかい》（女性が入れぬ掟）の寺であったそうな。朽ちて長らく経ているが、左様な変化《へんげ》も出るであろう」

という話です。

後に百姓は自分の脇差《わきざし》から柄を外し、確かめてみると、

「三条小鍛冶《さんじょうこかじ》が打ちたる名《めい》の物にてありしとなり」（『諸国百物語』巻二の十一）

三条の銘が入った名刀であったということです。この百姓は、先祖の心掛けの良さで、辛うじて己だけは助かった、と知ったのでした。

第二章

病を断つ刀

一、虎狼痢《ころり》避け「おものがわ」

幕末の京は、混乱の中にありました。尊王攘夷運動が激化し、市中では人斬りや生首を晒《さら》す事件が続発します。

そんな中、鴨川沿いの花街だけは大賑わいでした。

明日をも知れぬ身を酒色に忘れようとする浪士たち。あるいは諸藩の動きを探る公用方《こうようかた》（外交役）の侍たちで連夜、待合は活況を呈《てい》します。

舞妓・芸妓たちは、そのような会席を忙しく行き来しましたが、この中に吉乃《よしの》という芸妓がおりました。

元は大坂野崎の医者の娘で、幼い頃に家が没落し、この世界に入ったというよくある身の上。歳十八といえば、もういっぱしの姐貴株《あねきかぶ》ですが、彼女にも口には出せぬ好いた人がおりました。

それは東国の、某藩伏見屋敷の蔵役人です。しごく朴訥《ぼくとつ》な性質《たち》で、同僚がどんなに騒いでも彼一人羽目《はめ》を外さず、黙々と酒を飲み、にこやかに帰る人です。名を由利八郎兵衛《ゆりはちろべえ》といいました。

吉乃も初めは彼をただのおとなしい役人さん程度にしか思っていなかったのですが、ある宵の席でそれが一変します。

その夜、いつものように人々が酒を酌《く》み交わしていると、離れの間がにわかに騒がしくなりました。悲鳴と怒号、廊下をばたばたと走る音も聞こえます。

「あれは何だ」

役人の一人が尋ねると、吉乃の朋輩が声を低めて、

「御浪人はんどす」

と答えました。この頃、京に上って来る攘夷浪士の中には、市中の商人たちから金を巻きあげ、無理やり料亭に上がり込んで豪遊するヤクザ紛いの者がいました。会津公が京都守護職に任ぜられるまで、この状態は続きます。

やれやれまたか、と皆が眉をひそめていると、がらりと唐紙が開いて、若い芸妓が飛び込んで来ました。

「助けとくれやす」

後から抜き身を下げた風体の良くない男が、追って来て、何やらわめき散らします。

吉乃は姐さんと立てられる女でしたから、恐れずに立ち向かいました。

「静かにしとくなはれ。ここは他人様のお座敷どすえ」

「うるさい。我らに無礼の振舞いをした朝敵じゃ。天誅《てんちゅう》を加えてやる」

浪人は妙にぎらつく刀を振りかざします。

売り言葉に買い言葉で、吉乃は気丈に言い返しました。

「芸妓・舞妓の類《たぐい》が、どう逆立ちしやしたら朝敵になれますのや。阿呆らしもない。あんさんが因縁《あや》つけて、席代踏み倒そういう魂胆、見え見えどす」

「おのれ、雑言許さぬぞ」

浪人が吉乃に刃を向けた時、それまで黙って聞いていた八郎兵衛が、のっそりと腰をあげました。

「ここは当〇〇藩、寄り合いの場である。無礼は汝のほうであろう。早々に引き取られよ」

そのおとなしげな口振りに、増々増長《ぞうちょう》した浪士は、

「〇〇藩と言えば、東国の蝦夷《えぞ》ではないか。それこそ朝敵の子孫よ。おのれも一緒に天誅を加えてやる」

愚かなもので、当時の雑な攘夷思想では、上古《じょうこ》皇室にまつろわぬ東北の人々は、これ全て夷狄《いてき》（野蛮人）という扱いでした。嵩《かさ》にかかって斬りかかるところを、ついっとかわした八郎兵衛は、ひどく短い腰刀で受けました。この藩の人々は、酒席では一尺を超えぬ短刀を差すのが慣わしでしたが、よほどその刃筋が立っていたのか、金属音とともに浪人の刀は、鎺《はばき》の上あたりから断ち切られます。折れた刃先は、ピシリと天井に突き立ち、これには八郎兵衛の同僚

も息を飲みました。

「蝦夷刀の切れ味を見たか、帰れ」

八郎兵衛が一喝すると、浪人は意味不明の罵声を残して逃げるように立ち去ります。

以来、吉乃と八郎兵衛は打ち解けた会話を交わす仲となりました。

ある日、八郎兵衛は、吉乃に言います。

「おみしゃあ（お前さんは）、そンだけ肝《きも》が据わっていれば、何も恐いものがなかろう」

「うちかて、恐いものはありますえ」

吉乃は向《む》きになって答えました。

「うちは虎狼痢《ころり》がこわい」

幕末、長い鎖国が解けると、諸外国との交流が始まり、それにつれて、疫病が流行します。

特に虎狼痢・虎列刺と呼ばれた急性伝染病コレラは、人々の恐怖の的でした。

「今は、江戸や兵庫でしか流行ってしまへんけど、いずれこの京にもやって来ます。あればっかりは、不逞《ふてい》浪士と違《ちご》うて簡単に追い払えまへん」

吉乃の言葉を聞いていた八郎兵衛は、少し考えてから、腰の刀を鞘ごと抜き取って彼女の前に置きました。それはあの浪士の刀を切り折った刀でした。

「この小脇差は、『おものがわ』という。普通の鍛えで作られた刀ではない。餅鉄《べいてつ》だ」

餅鉄は、磁鉄鉱が川に流れて角が取れ、餅状になった鈍度の高い鉄材です。古く蝦夷《えみし》と呼ばれた人たちは砂鉄を用いず、この奇妙な鉄を採集し、蕨手《わらびて》と呼ばれる鋭利な刀を作って、朝廷の兵士たちと戦いました。

「べんこてつ（餅鉄の別名）は魔が避けるそうな。嵯峨《さが》帝の御世（八〇九—八二三）に疫病が流行り、帝は枕元に蝦夷刀を置いて病から身を守ったという」

「これを、うちに……」

「貸し与えるだけだぞ。戦国以来、我が家に伝わる大事な品だからな」

八郎兵衛は、からからと笑います。その後、彼は藩の仕事で江戸に向かいました。

次の年、秋風が吹く頃。酒席から置屋に戻った吉乃は、朋輩としばし語り合った後、茶漬を口にして床につきます。

そして丑《うし》の刻《こく》（午前二時頃）。何やら気配を感じて、彼女は目を覚ましました。しかし、なぜか身体が微動《びどう》だにしません。

（金縛りや）

彼女は全身総毛立《そうけだ》ちます。部屋を這いまわる三つの影が見えました。

（誰やろか）

置屋の慣らいとして、タンコロと呼ばれる小さな油差しに、細い灯心を刺して非常灯に用います。そのか細い光の中に浮かび上がったのは、赤い毛の被り物をつけた不気味な者どもでした。その見た目は春先の今宮様で、「やすらい花」を踊る赤毛の少年《しゃぐま》たちにそっくりです。

(戸締まりはちゃんとしてるのに、どこから入って来はったんやろか)

吉乃は人を呼ぼうとしました。が、なぜか喉がひりついて声が出ません。すると三人の中の一人が、関東の訛りで言います。

「どうでえ、初手《しょて》の仕事に京のきれいどころを病み呆《やほ》うけさせるという企みは」

「これは御趣向《ごしゅこう》。わざわざ遠方から足を運んだ甲斐があろうというものだ」

二人目が答えると、三人目が、

「ここらの奴は皆、馬鹿よ。門口《かどぐち》に赤い札さえ張れば、俺たちが逃げると思ってやがる。俺たちが本当に恐いのは、餅鉄だけというのになぁ」

と言い、含み笑いします。しかし、突然最初の一人が、

「おい、妙だぜ、その餅鉄がこの部屋にあるみてえだ」

「冗談はよしとくれよ」

「まさかと思うがな。そこらを探ってみよう」

三人は吉乃の朋輩たちの、寝床近くを這いまわり、やがて彼女の枕元にたどりつきました。

そこには袱紗《ふくさ》にくるまれた小脇差が置かれています。

その袱紗の端をつまみあげた一人が赤い毛を逆立てて、叫びました。

「あったぞ、こいつは『おものがわ』だ」

三人は悲鳴をあげて逃げ出しました。

しばらくして、金縛りの解けた吉乃が入口に出てみると、戸にはしっかりと掛け金が降りています。人の出入りした形跡はありませんでした。

翌朝、昨晩の話を皆にしますが、置屋の女主人も朋輩たちも、そんな阿呆なと誰も信じません。

ただ、この年の冬、京でも虎狼痢騒ぎがあり、隣の町内では大勢の死人が出ました。しかし、吉乃の住む家の周りだけは疫病《えや》みで倒れる者は誰も居らず、皆から不思議がられたということです。


その後、禁門の変で京の大部分は焼け野ヶ原となり、四年後、明治維新を迎えます。吉乃は裕富な商人の後妻に納まり、東京に出ました。

「おものがわ」を返そうと吉乃は、由利八郎兵衛の跡を必死に尋ねますが、ついにその行方は知れませんでした。

その小脇差は、今も吉乃の子孫の家にあり、八郎兵衛の子孫に返却される日を待っている、ということです。

二、病平癒の刀「大典太三世」

九州大牟田《おおむた》（福岡県大牟田市）は、有明海沿岸の都市です。このあたりから熊本北部にかけては、良質の炭田層があり、明治以後、石炭の採掘で繁栄しました。

この地に石炭が発見されたのは、文明年間（一四六九―八七）、足利八代将軍義政の頃といいますから、貴重な資源がずいぶん長いこと眠っていたものです。

では、それ以前この地は何で知られていたかといえば、平安期から戦国期までは「鍛冶」でした。

筑後《ちくご》（福岡県）三毛《みけ》郡には、平安時代、保元の頃に、鉄器を生産する荘園があり、ここに多くの鍛冶師が集まっています。

彼らは生活必需品である釘や馬具、料理道具とともに、鎧の小札《こざね》や刀剣も打ちました。そのうち、武具に特化した鍛冶師が現れ、源平争乱の頃になると、三池《みいけ》鍛冶と呼ばれて中央にも知られる存在となります。

天下五剣のうちに数えられる「大典太《おおてんた》」は、ここで鍛えられました。刀工は三池光世《みいけみつよ》。典太は光世の通称です。この人については、平安後期に活躍した名人、としか伝わっていません。三池鍛冶は、彼以後室町時代に至るまで、典太・伝太《でんた》と称する刀工が何人か出ており、これらと区別するために大の字を付けるのだといいます。

現在も見ることが出来る「大典太三世」は刃渡り六十六・一センチ、太刀としては短いほうですが、身幅は三・五センチ（通常は平均三センチ）もあり、鋒《きっさき》は猪首《いくび》と呼ばれる短い形です。一見すると鈍重な感じがしますが、これは鎧の隙間を突くための工夫です。素人考えでは、鋒の鋭利なほうが突きには有利と思うのですが、それでは鎧の部分に引っ掛かり、また堅物《かたもの》（特に固い部分）に当たると欠ける恐れがあるそうです。

このように大典太は同時代の太刀に比べて変わった部分が多く、研究者の中には、「製作年代を四百年ほど下げるべきではないか」

とまで極論する者もいます。

この刀は各地を転々とした後、足利将軍家の所蔵となったのは、さていつの頃でしょう。歴史の中に正しく登場するのは、永禄八年（一五六五）五月、将軍義輝が弑《しい》された二条御所の戦いにおいてでした。他の名刀とともに捕獲された大典太は、どのような経過をたどったのか、やがて十五代将軍義昭の手に入り、その後、豊臣秀吉に譲られます。

それまでおとなしくしていた大典太は、秀吉のもとに収まると、俄然その力を見せ始めます。文禄三年（一五九四）、伏見に桃山城が完成し、秀吉はここを政治の拠点としました。子飼《こが》いと呼ばれた加藤《かとう》・福島《ふくしま》を始め、豊臣家と特に親しい武将たちは、新築の城内に招かれて数日間滞在します。

その何日目かのこと。一同、夜の宴に集《つど》って無駄話に時を過ごしていましたが、ある武将が、

「この城を建てた大工どもが申すことには、この地は大坂と違い、数々の不思議が有るとか」

「ほう、その理由は」

誰かが問うと、その武将は声をひそめて、

「新城（伏見城）の西には桓武帝の御陵《みささぎ》がござる。裏鬼門（西南）には御香宮《ごこうのみや》。鬼門（北東）にはなんと、惟任日向《これとうひゅうが》（明智光秀）が討たれた小栗栖《おぐるす》の藪がござる。怪異があって当然じゃ」

「それでこそ城というもの」

若い黒田長政《くろだながまさ》が応じました。

「城とは形代《かたしろ》の、代《しろ》から来てござるげな。怪異が憑《つ》いてこそ、値があがるというもの。いや、めでたい」

頭の良い長政は、不吉な言葉を打ち消します。しかし、その武将は止《や》めません。

「では、こういう話はどうでござろう」

廊下の先を指差しました。

「この先、千畳敷《せんじょうじき》の大広間がござろう。そこの廊下を夜中、一人で通れば必ず何者かに刀の鞘を掴まれ、足を止められる。まわりを見まわしても、誰も居らぬ。そこで仕方無く引き返すと、何事もない」

この怪異に、御掃除坊主《おそうじぼうず》も夜まわりの衛士《えじ》も、夜は恐れて近づかないといいます。

「これを奇怪と言わずして、何と申そう」

と、そこまで武将が語った時、

「左様な阿呆な話があろうか」

と口を挟んだ者がいます。前田利家《まえだとしいえ》でした。

「それは、臆病風《おくびょうかぜ》と申すもの。出るぞ、出るぞと思うてその場に行くゆえ、足が竦《すく》むのだ」

利家は秀吉と同じ歳。同じ織田家に仕えて、同じ釜の兵糧を食らってきた間柄です。

「よろしい。ちょうど、刻限も近い。わしが、その噂の場所へ行ってみようではないか」

従三位中納言の身で、それは軽々しい。何かあったらいかがなさる。お止《や》めなされ、お止めなされ、と皆は引き止めます。が、若い頃は傾《かぶ》き者《もの》と称され「槍の又左《またざ》」と異名をとった男です。言いだしたら後には引きません。

「ただ行くだけでは芸が無い。何か置いて参ろう」

すると、加藤清正《きよまさ》が黙って自分の扇子を抜いて、差し出しました。利家は喜んで、

「これは良い証拠になる」

こうした騒ぎは、席に侍《はべ》った者の御注進で、奥の秀吉にも伝わりました。

「前田中納言をこれへ」

秀吉は肝試《きもだめ》しに出かけようとする利家を、呼び出します。

「又左よ、相変わらず若い。まるで、羅生門に向かう渡辺綱のようではないか」

秀吉は傍らの枕刀《まくらがたな》を取って渡します。

「綱には髭切があった。又左にも武勇の証《あかし》が必要じゃろう」

これが大典太三世でした。利家はありがたくこれを腰に差して、何事もなく千畳敷の廊下を渡り切ります。

以来、大典太は前田家のものとなりました。

大典太の前田家伝来には、この話以外にも異なる物語が残されています。

利家の子は男女合わせて十八人いましたが、天正三年（一五七五)、四女の豪《ごう》が秀吉の養女

になります。豪は秀吉の妻、北政所のもとで育ちます。八年後、同じように秀吉の養子となっていた宇喜多秀家《うきたひでいえ》と婚約。その六年後に嫁いで「備前の君《びぜんのきみ》」と呼ばれました。

この豪は子供の頃からこれといって不健康なところはなかったのですが、時折、高熱を発して寝込む癖《へき》がありました。医師に見せても原因は不明。ついにはお決まりの加持祈禱《かじきとう》まで行なわれます。呪師《のろんじ》の見立てでは、

「これは元々、前田家に憑く何者かの仕業でございます」

とのこと。利家も豊臣家に害が及ぶことを恐れ、豪を実家に引き取ろうとしました。

常々、「男ならば関白にもしたものを」と豪を溺愛していた養父の秀吉は、この事態に、

「憑きもの払いには、古来名刀が用いられるという。これを姫の枕刀とせよ」

数ある秘蔵の刀から、特に大典太を選んで前田家に貸し与えました。

すると、たちまち豪の病は平癒《へいゆ》します。

「どうだ、余の見立ては」

秀吉が満足したのもつかの間。前田家が大典太を返した途端、豪は再び発病します。大典太はまたしても前田家へ。

これが何度か繰り返されるうち、

「もう返すに及ばず」

秀吉の一言で、大典太は前田家に収まったということです。刀剣に詳しい人々は、「お借し下されが、お下賜下《かし》されになった」と同家の果報と、秀吉の気前良さに呆れた、といいます。

この利家武勇説・豪姫病平癒説のほかにも、徳川秀忠から前田家拝領説。豪姫ではなく、利家の三女加賀殿（麻阿《まあ》）病弱説など、大典太の由来には後世多くの異説が存在し、今ではどれが本当の話かわからなくなっています。

しかし、大典太が聖なる刀という伝承だけは一致していて、前田家もこの刀だけは特別に扱いました。

加賀金沢城中に蔵を建て、義経《よしつね》の愛妾《あいしょう》、静御前《しずかごぜん》が用いたという三条宗近《さんじょうむねちか》の薙刀とともに収めます。触れることが出来るのは、年に一度、前田家当主だけでした。

この蔵は俗に「烏止《からす》まらず」と言い、大典太の霊威に烏も恐れて屋根に止まらず、その糞で汚れることがない。もし止まればその烏は必ず落ちて死ぬ、と伝えられていました。

これほどの扱いですから、大典太も満足であったようで、無事に江戸・明治・大正・昭和の戦中と伝わります。そして、戦後の昭和三十二年（一九五七）には国宝認定。現在は利家の子孫、前田育徳会の所蔵になっています。

三、雨の小坊主斬り「伊賀守金道」

昔の人は、雨の中に病魔が潜んでいる、と考えていました。

現在では、湿気の強いところに黴《かび》や細菌が繁殖して、健康を害するという知識があるのですが、バクテリアという概念のない時代でもいろいろな経験からぼんやりと、それらが恐いと思う心があったようです。

こんな話があります。

江戸時代中期、俳人の山岡元隣《やまおかげんりん》という人が書きとめた京の奇譚。

八幡町《はちまんまち》（現在は中京区二条通油小路西入ルのやわた町《まち》）に、新兵衛という人が住んでおりました。

ある雨の晩、小提灯《こじょうちん》を手に、三条坊門万里小路《ぼうもんまでのこうじ》まで出かけます。その途中、柳馬場《やなぎのばんば》のあたりで、妙なものに出合いました。

寺の門の扉に、ぼうっと人の形が浮かんでいるのです。

提灯の火を近づけて見ると、六つか七つの小坊主が、びしょ濡れになってたたずんでいます。

その風体《ふうてい》はと見れば、着衣はいやしからず、爪はずれ（指先）も汚れていない、かなり身分の高い寺の使われ者に見えました。

可哀相になった新兵衛は、その小僧に言いました。

「いかなるところの御子でしょう。お困りならお送りいたしましょう。さもなくば、今宵は、我が家にお越し下さい」

しかし小坊主は答えず、ついと立って万里小路を南に歩み始めます。

さては寺に戻る気か。それにしては傘もなく、ずぶ濡れで行くのは哀れだ、と思った新兵衛は、その背中に自分の傘を差しかけました。

すると、道の真ン中まで来た時、その小坊主は、振り返ります。その顔は、急に常人の五倍ほどの大きさになりました。

しかも三眼《さんがん》（三つ目）に変わり、鼻と耳は消え、口は大きく裂けています。それが新兵衛に向かって、莞《にっ》と笑いました。

ぞっとして膝が震え、目がくらんで雨の中に新兵衛は倒れてしまいます。

しばらくして正気に戻り、あたりを見まわすと誰も居らず、衣服は泥だらけです。

すでに雨は止《や》み、東の空が白々と明けていきます。彼は万里小路を南に下ったと思っていたのですが、三条の西、西院《さい》の墓地近くに、ぼんやりと座っていました。

「何ともしれぬものに化かされて、こんなところまで連れて来られたのか」

呆れた新兵衛は、濡れた姿のままで家に戻りましたが、その晩から煩《わずら》いついて、四十日《よそか》ばかり起きることができませんでした。

新兵衛をひと月以上も床に就かせたという小坊主は、雨中に生じる流感の精だったのかもしれません。

魔を払う刀の中には、当然この病魔を退治した刀も存在します。

いつの頃か、五条通り室町のあたりに、洪庵《こうあん》という町医者が住んでいました。この人の家は主取《しゅど》り（殿さまに仕える侍）でした。親の代に主家が改易《かいえき》され、親子ともども大坂へ出、漢方医の修業をしたといいます。

洪庵は、医者としての腕はさほどのこともなかったのですが、親切が取り得で、町民からそれなりに重宝されて暮らしておりました。

ある日の夕刻、洪庵の一家が食事をとっていると、玉津嶋《たまつしま》神社の裏に住む商人宅から使いが来ました。

「家人が腹痛で困っています」

というので、箸を置いた洪庵は往診に出かけようとしました。外を見ると生憎《あいにく》の雨です。

「近所だから、伴はいらない」

薬箱持ちの弟子にそう言って、洪庵は一人雨の中を出かけました。

患者の家に着いて、薬を処方し、さて家に戻ろうとすると、雨は増々ひどくなっていきます。

「足元が危のうございます。若い衆に送らせましょう。こんな雨夜は、いろいろとございます」

患者の家の者が言いました。洪庵は、このあたりの噂も聞いていましたから、

(ははあ、いろいろ……と申すのは「雨の小坊主」のことだな)

と気づきます。洪庵は、

「私は医師だからね。左様な変化《へんげ》を信じない。もし、出たとすれば、良い機会だ。瘧《おこり》(熱病)の仕組みなんぞを問うてみたい」

と気丈に答えて、一人外に出ました。

片手に傘、片手に薬箱を下げて新《にい》の玉津嶋(五条通室町東入ル)の通りを歩き、あと少しで自宅が見えるあたりで、雨はさらに激しくなります。

傘の縁を叩くバラバラという音が高くなり、洪庵の足は早まりました。

ふと前を見ると、常夜灯のか細い光の中に、何かがぼうっと浮かんでいます。

洪庵は両手がふさがっていましたから、提灯を下げていません。何だろうか、と近づいていくと、それは白衣を着た小坊主です。

（これが噂の小坊主かな。いや、そんなものが居るはずない）

洪庵は声をかけます。

「雨具はどうしたね。そんなに濡れていると風邪をひく。この傘の下にお入り」

洪庵は自分の傘を差しかけました。すると小坊主は、素直にその中へ這入《はい》って来ます。

「何処のお寺の人かな。送っていって進ぜよう」

小坊主は、とことこと勝手に歩き始めます。

「おやおや、こっちかね」

親切な洪庵は、自宅からどんどん離れていくのもかまわず、傘を差し続けました。町屋が跡《と》切《ぎ》れて、広い空き地のあるあたりに出ると、流石に洪庵も首をかしげます。その先には目ぼしい寺というものが無いのです。

「これこれ、小僧さん。道を違えてはおらぬか」

洪庵が言うと、小坊主はぴたりと足を止めます。それが、すっと振り返ると、瞬時にその顔は傘の下いっぱいに広がります。

目は三つ目、口が大きく裂けて……、とそこまで見えたところで、洪庵は思わず傘の柄を離しました。薬箱も投げ棄てて、腰の小脇差を抜き放つと、

「えい」

襲いかかってくる変化《へんげ》に斬りつければ、ぎゃっと一声あがって、巨大な顔は真っ二つ。闇の中に消え去ります。

「これが、雨中に生じる病の精か」

気をとり直した洪庵は、落ちている傘と薬箱を拾うと、何事も無かったかのように家へ戻りました。

ずぶ濡れで戻ってきた洪庵は、心配する家人に、己の体験を語って、余人に洩《も》らすなと固く口止めしましたが、人の口に戸は立てられぬの譬《たと》え。噂が噂を呼んで、

「たいしたお医者や。病魔をずんばらりんと斬ってもうたんやて」

近隣の評判になります。ついには、さる大名家の京屋敷から、

「その脇差を見たい」

と、お声がかかりました。刀鑑定の本阿弥家まで乗り出してきて、話は大ごとになりましたが、同家の見立てでは、

「伊賀守金道《いがのかみきんみち》。それも初代の作」

洪庵の亡父が大坂に出るとき腰に帯びていたもので、由来は定かではないのですが、病魔退散刀ということで、即座にお買い上げとなりました。洪庵も長くその大名家にお出入りを許され、話はめでたしめでたし、で終わります。

医師が小脇差を差すのは、武士に準ずる立場を表す、一種の証明書のようなものです。これは戦場に出て怪我人病人を治療した名残のようなものですが、本身《ほんみ》の入った拵《こしらえ》は手入れが大変なので、ほとんどの医師は木刀を用いました。近年、アメリカやヨーロッパから刀やその拵が盛んに郷帰《さとがえ》りしていますが、それらの販売パンフレットを見ると、本身の入らぬ拵だけの脇差は、全て「ドクター・ソード」に分類されています。

しかし、その多くは裕福な商人が茶会に差していく「茶人拵」で、柄巻《つかまき》や鞘の塗りにひどく凝ったものが多いようです。

洪庵が小坊主を斬った金道の拵は、それらとは違い、浪人の子が差すような全く地味な拵であったはずです。

第三章

刀鍛冶と磨上げ奇談

一、狐が伝えた「小狐丸」

鞴《ふいご》は火床《ひどこ》に酸素を送って火力を高める装置です。大きさや形はさまざまですが、一般的なものは木製長方形の箱型で、これを「箱ふいご」「吹き差しふいご」と称します。

箱の内部は気密式になっていて、端に小さな木製の弁《べん》と把手《とって》が付いています。把手を押し引きすると、中の空気が強い力で押し出され、炉に吹き込まれます。原始的ながら、実によく出来たピストン式送風器です。

鍛冶師や鋳物師《いもじ》は、普段使っている鞴に感謝して、毎年立冬の頃に、「鞴祭」を行ないました。

鞴を使用しなくなった現在でも、製鉄会社や町工場の一部では、神棚に祀った金屋子《かなやこ》神や稲荷神に奉げ物をして祝います。

しかし、金属の神である金屋子さまなら話はわかりますが、ここでなぜ稲荷神も鍛冶の神とされるのでしょうか。

そもそもお稲荷さんは、稲の字が示すように人間の食の基本である五穀《ごこく》の豊穣《ほうじょう》を掌《つかさど》る神です。

これについては、昔から多くの学者が説明を加えています。江戸時代の学者で政治家の新井《あらい》白石《はくせき》は、「稲荷総本社がある山城国伏見《ふしみ》の稲荷山が、刃物の焼き刃に乗せる良質な土の産地だった」という説を唱えています。またほかにも火伏せの神としての力があるという説、古代インドの夜叉《やしゃ》神信仰と合体したという説などもあって若干混乱しています。

なお、稲荷神は稲束を背負った老人の姿か、狐に乗ったインド型の女神姿で描かれます。よく言われているように、狐がお稲荷さん本体という考えは間違っているそうです。狐はあくまでお稲荷さんの御使い神なのです。古くから霊獣・妖獣と認識されていたため、こうした混同が起きたのでしょう。

筆者がよく行く神奈川県川崎市のある神社でも、毎年十一月の初めに、鞴祭が行なわれます。実際に切り火を打って火床を作り、手動の鞴を動かして鉄を鍛えるのですが、この時、本殿では能の「小鍛冶」が舞われます。能の筋はなかなか興味深いものです。

平安時代、一条天皇の御世（九八六―一〇一一）。貴族　橘　道成《たちばなのみちなり》は、国家鎮護の太刀を差し出すよう命じられます。

刀工として指名されたのは、京の三条に住む小鍛冶宗近《むねちか》でした。道成の依頼を受けた宗近は幾振りか鍛えてみますが、満足のいくものが出来ません。

　刀を打つ時の相槌役に、適任の弟子がいなかったのです。

「そうだ、日頃信心している稲荷山の神に祈ってみよう」

　思い立つ日が吉日。さっそくに出かけていくと、途中の道で一人の童子（子供）に出合います。

「安心なさい。あなたの願いは、必ず成就するでしょう」

　と言うと、童子は煙のように消えてしまいました。

　不思議なこともあるものだ、と家に帰った宗近が鍛冶場を整えていると、晩になって、再びその童子が現れます。

　彼は世にある名刀の由来を語り、自らが相槌役になって宗近を助けました。

　作刀がうまくいくと童子は、

「我こそ稲荷神の使いなり」

　と言って去っていきます。宗近は喜び、太刀を「小狐丸」と名付けて朝廷に献上。小鍛冶宗近の名は大いに高まった、というところで物語は終わります。

　時代が下って江戸時代に入ると、「小鍛冶」の題名が、童子の鍛冶を表す、と説明する書籍も出ましたが、これも間違っています。

砂鉄を精錬して素材にする業者を「大鍛冶」。この素材を買って製品に仕上げる者を「小鍛冶」と区分けしていた時の名称なのです。

能や歌舞伎の小鍛冶は当然ながらフィクションです。貴族橘氏の中に道成という人はいませんし、三条小鍛冶宗近も、一条天皇の代より少し後の時代の人です。

しかし、「小狐丸」という太刀は二振り存在していたことがわかっています。

そのうちの一振りは、左大臣藤原頼長《ふじわらのよりなが》の所持になるものでした。

これは別名を「雷切」と言い、醍醐《だいご》天皇の代（八九七―九三〇）に、天から降ってきた雷神を斬った、という伝承がついていました。

しかし日本刀の成立期より古い時代の設定というのが、少々いただけません。

頼長も兄を差し置いて藤原の氏長者《うじのちょうじゃ》（本家）になったものの、保元の乱を引き起こし、敗れて逃亡途中、流れ矢に当たって死にました。世に「悪左府《あくさふ》」などと呼ばれ、後世まことに評判の悪い貴族です。

「小狐丸」は頼長が逃げる時、親族に預けていったとされ、後に九条《くじょう》家、鷹司《たかつかさ》家を転々とした後、鎌倉末期から南北朝の初期にかけて行方不明になりました。

もう一振りの「小狐丸」は、平安末期、越後国（新潟県）の豪族、城《じょう》氏に伝わっていました。城という一字姓を持つ武士団は、平氏の一門。先祖は信濃戸《と》隠山《がくしやま》で鬼女を討った「余五《よご》将軍」平維茂《たいらのこれもち》です。

この維茂の嫡男で生まれたばかりの赤子が、ある日、忽然と寝所から消えてしまいます。維茂以下家の者は必死になって探しまわりますが、手がかりひとつ掴めません。人々が赤子の探索を諦めて四年経った頃、維茂は夢を見ます。

一人の老人が現れて、しきりに詫《わ》びて言うのです。

「我が一族の女が汝《なんじ》の赤子を見て、可愛さのあまり奪い取ってしまった。そのことを近頃知ったので、女を叱り、汝に赤子を戻すよう命じておいた。これこれの場所にその子がいるので、至急引き取るが良い」

維茂は急いで家人たちを集め、指定された場所に出向くと、そこは狐の棲《す》む塚でした。四年経っても赤子は、行方不明になった時のままの姿で、すやすやと眠っています。

嫡男が無事戻った祝いをした維茂は、その晩再び謎の老人の夢を見ます。

「汝の子を長く親から引き離した詫びをしたい。ついては、この太刀を授けよう」

一振りの簡素な拵《こしらえ》を枕元に置きました。そして、続けて言うには、

「この太刀を持つ者は、長く越後に君臨し、子孫は六十全州（日本全国）に名を轟かすであろ

う。ただし、時期を誤れば全ては無に帰す。ゆめゆめ疑うことなかれ」

目が覚めた維茂が枕元を見ると、黒漆《こくしつ》の太刀拵が、確かに置かれています。鞘を払って見れば、刃身の輝きが尋常ではありません。

彼は、霊狐の長老が我が子にくれたものとしてそれを「小狐丸」と名付けました。

狐に育てられた赤子は長じて出《で》羽《わ》城介《じょうのすけ》繁茂《しげもち》と名乗り、彼の代から城氏を称します。小狐丸も代々伝わりますが、繁茂から数えて七代目、資永《すけなが》の代に源平の争乱が始まりました。城氏は一時平氏に従いますが、数々の合戦に敗れて源氏の配下に入ります。

「この身の衰えはどうしたことだろう。家も七代続くと、小狐丸の霊力でさえ支えることが難しくなるのか」

資永は失意のうちに死にます。しかし、その弟、長茂《ながもち》は、

「いや、源氏の佐《すけ》殿（頼朝）さえいなくなれば、我らは祖神維茂公以来の威勢を取り戻せるのだ」

と密かに兵力を蓄えました。そして鎌倉で頼朝が死んだと聞くや、好機とばかり反乱を起こします。北陸一帯に隠れ住む平氏の残党も加わり、一時反乱軍の力は周囲を圧倒しますが、鎌倉方が巧妙に軍を投入すると各所で敗れました。

長茂は遠く大和国（奈良県）吉野の奥に逃れますが、ここで討ち取られてしまいます。

城繁茂と小狐丸の話は鎌倉時代の記録書『吾妻鏡《あづまかがみ》』その他にも書かれていて、当時は広く知られていた物語のようです。

小狐丸は、長茂が吉野で死んだ後に行方不明となりましたが、それと同形ではないかと思われる太刀が、数百年経た江戸時代末期に発見されています。

ある天皇陵を盗掘した者が、石室《いわむろ》の中から一振りの太刀を持ち出しました。

その太刀にはさほどに損傷がなく、研ぎに出すと、見違えるほど見事な輝きを見せます。

「こういうものを武家に見せたら、詮議《せんぎ》を受ける。ここは、何も知らぬ公家《くげ》に売るのが良いだろう」

盗人は、京の公卿鷹司政通《まさみち》邸にこれを持ち込みました。

ところが政通は故実《こじつ》の研究家で、特に太刀の知識が豊富な人でした。盗人も大変な間違いをしたものです。

政通は太刀が御陵《みささぎ》の副葬品であることを見抜いて、京都所司代に通報。盗人は、すぐに捕らえられて磔刑《はたもの》（はりつけ）にされました。

さて、当時の慣わしとして、回復追求権の無い盗品は、自動的に京都町奉行所の財物となってしまいます。

「天皇陵から出た品を、左様な不浄役人の蔵に収めるのはいかがなものか。しかも、彼の太刀は『小狐丸』であるぞ」

政通の見立てにびっくりした奉行所は、そこで初めて、名刀の由来を知ります。

「一度盗品となったものを、皇室に戻すのもおそれ多いことです。どうしたらよいものか」

相談を受けた政通は、知恵を働かせました。

「研ぎ直して、いずれかの寺社に献ずべきであろう。最適なところとしてまず思い浮かぶのは、大和国石上《いそのかみ》神宮である」

石上神宮は、古代朝廷の武器庫であったとされています。

太刀はただちに大和国に運ばれていきましたが、この時、子細に検分が行なわれました。刃渡り二尺六寸一分（約七十九センチ）、反り八分（約二・五センチ）、銘は「義憲《よしのり》作」。平安末から鎌倉初期、古備前派の刀工義憲の作とされています。これは現在も石上神宮の神宝蔵にあり、奈良県の指定文化財になっていますが、この「小狐丸」が城氏の伝来品であったものか、また、なぜ御陵に収められていたのか、今となっては全くの謎です。

二、一晩百本・娘を欲しがる鬼の弟子

武蔵秩父《むさしちちぶ》（埼玉県秩父市）の豪族畠山重忠《はたけやましげただ》は、典型的な鎌倉武士として知られています。勇壮果敢。心清く私欲で動かぬその生き方には、誰もが魅了されました。

彼はまた怪力の持ち主でもありました。鎌倉で角力《すもう》が催された時。源頼朝の命令で試合に出た重忠は、力自慢の大男と組み合い、相手の肩の骨を摑み砕きました。

義経の配下として宇治川合戦に参加。馬で激流を渡っていると、自分が面倒を見ていた若武者が流されていきます。咄嗟《とっさ》に重忠は彼の襟首を摑み、鎧ごと対岸に放りあげて救いました。また、あの一ノ谷の鵯越《ひよどりごえ》の逆落としでも、足のすくんだ愛馬を担いで崖を降りた、と伝えられます。

元久二年（一二〇五）、北条氏の奸計《かんけい》によって相模国鶴ヶ峰《さがみつるがみね》（神奈川県横浜市）に敗死した時は、敵も味方も彼の死を惜しまぬ者はいませんでした。

その重忠の、怪力の謎が何であったか、昔からいろいろと語られています。

重忠の母親が、子供の頃に力を込めた餅を食べさせていた、神馬と毎日駒引（引き合い）をして腕を鍛えた等、種々ある物語の中でも、やはり注目すべきは、鬼神の守護説でしょうか。

重忠の館と伝えられるものは、武蔵・相模に幾つかありますが、埼玉県嵐山町《らんざん》菅谷《すがや》にある館跡は、土塁や堀もほぼ原形のままで残っています。その菅谷館の丑寅《うしとら》（北東）十町ほどの位置に鬼鎮《きぢん》神社があり、こちらが重忠の守護神であったようです。地域の人々は、昔から願い事があると、境内に金棒を奉納するのが慣わしでした。「願いが適《かな》う」と「金《かな》う」の語呂《ごろ》合わせですが、それ以前に古代からの鉄器信仰が下地《したじ》として存在していたものと思われます。

鬼と鍛冶の物語は、この土地にもひとつあります。

嵐山の川崎という小字《こあざ》に、刀鍛冶が住んでいました。早くに妻をなくし、年頃の娘と二人暮らしでしたが、この娘というのが鄙《ひな》には稀《まれ》な美女。近隣の若者たちがいろいろと申しかけて来るものの、父親が頑固一徹で近づくことも出来ません。

そこへある日、一人の弟子志願の男がやって来ます。仕事の勘も良く、教えは良く守り、容姿も鍛冶師にしておくには惜しいほどです。

娘もこの弟子を憎からず思っているようでしたから、父親も、

（これなら婿にして、後を継がせてもいいだろう）

と思いましたが、ふと、あまりにもその男が出来過ぎた人物であることに、僅かながら疑念も抱きます。そこで、ある日、思いきって父親は弟子に言いました。

「汝《ぬし》は、鍛冶を覚えたいのではなく、我が娘が目当てでここに来たか」

男は、黙ってうなずきました。

「やはりそうであったか」

「ぜひとも嫁にいただきたく」

と何度も頭を下げる弟子の男を見て、父親は持ち前の依怙地《いこじ》な心が頭をもたげます。

「娘が欲しくば、一晩のうちに百本の太刀を打て。これが出来ればくれてやるぞ」

わざと無理難題を口にして、弟子の困る顔を見ようとしましたが、弟子はうなずいて、

「本当にそれで、お許し下さいますか」

「応《おう》よ、くれてやる」

その場の勢い。父親も意地になりました。

「一晩で百本だ。一本でも欠けたら娘はやらんぞ」

「心得ました」

弟子はその場で襷掛《たすきが》けすると、仕事場へ飛び込みます。

たちまち小気味良い槌音があたりに響き渡ります。

(なかなかやるな。しかし、いつまで続くか)

並の鍛冶なら一晩に一本もあげられないでしょう。いずれ音《ね》をあげる、とタカをくってい

ましたが、深夜に入っても、その槌音が衰える気配はありません。

父親も、近隣で少しは知られた名人ですから、槌音の長短で刀の出来具合は察することができます。

（まさか）

と仕事場に近づき、囲《かこ》いの破れ目《やめ》から覗いてみると、そこには、いつもの弟子とはまったく違う者の姿がありました。

目尻《まなじり》まで裂けた巨大な眼、額に生えた二本の角《つの》。鞴《ふいご》が動くたびに火床《ひどこ》の炎が赤く反射して、この世のものとは到底思えぬ凄まじさ。

（あっ、あ奴は真正《しんしょう》〈本物〉の鬼であったか）

父親はその場を逃げ出すと、己の頭を叩きます。

（愚かな約束を交わしてしまったものだ。これでは、娘を鬼にとられてしまうぞ）

なんとかせねば、とあたりを見まわすと、鶏《にわとり》を飼う小屋が目に入ります。

これだ、と手を打った父親。母屋に走って台所のカマドに掛けた湯沸かしの鍋を取って、鶏小屋に戻ります。夜のこととて、鶏たちは羽を縮めて眠りについています。

父親は鶏の止まり木に鍋の湯をかけました。すると鶏たちは脚が暖まったために、朝日を浴びたと思い、コケコッコォと甲高く鳴き始めます。

夜はまだ明けていません。さて、どうなっているだろう、と鍛冶場を覗けば、鬼は火床の前に倒れていました。

その姿は元の端正な弟子の姿で、ただ無念の形相だけが残っています。傍らには荒打ちを終えた太刀が、うずたかく積み上がり、その数は九十九本。

「哀れな。あと一本であったか」

父親は、鬼の遺骸を鍛冶場の見える場所に葬りました。それが、現在の鬼鎮神社であると、人々はいい伝えたということです。

こうした形の伝承は、日本全国にありました。

一晩で橋や石垣を築こうとして、鶏の鳴き声で失敗する話は、「橋掛け伝説」「鶏鳴《けいめい》伝説」などといい、古代中国やインドにその起源があるとされていますが、真面目に約束を果たそうとする鬼に、浅知恵で勝ってしまう人間の姿には、何となく納得のいかないものを感じるのは筆者だけでしょうか。

三、鍛冶を手伝う鬼の子

天皇家に仕える武士や官人《かんじん》の多くは、公的な場所で名乗りをする時、源平藤橘《げんぺいとうきつ》、すなわち源氏・平氏・藤原氏・橘《たちばな》氏の四氏に属している形をとります。

たとえば、建武の中興に大活躍した楠木正成《くすのきまさしげ》の正式な名乗りは「楠木兵衛尉橘ノ正成」です。敵方の鎌倉幕府は、公式文書に彼を「悪党橘兵衛尉」と書きました。

この四氏族姓を用いるのは、ほとんど慣例のようなもので、事実と異なる場合が多かったのですが、中には古代以来の大族の出であることを誇り、あえて源平藤橘を用いない家もあります。

土佐の戦国大名長宗我部《ちょうそかべ》氏の古い系図を見ると、

「その祖《そ》、秦《しん》ノ始皇帝《しこうてい》なり」

と、びっくりするようなことが書かれています。これは帰化人秦《はた》氏の末《すえ》を称していたからです。

古代の紀《き》ノ国（和歌山県）一帯に繁栄した紀氏を名乗る人々もそのひとつです。『土佐日記』の作者紀貫之《きのつらゆき》、菅原道真《すがわらのみちざね》に学んで名を高めた紀長谷雄《きのはせお》も紀氏の出です。

この紀長谷雄については『長谷雄草子《はせおぞうし》』（鎌倉時代成立）、という奇怪な絵巻が残されています。

双六《すごろく》が好きだった長谷雄はある日、見知らぬ男から勝負を挑まれます。場所は平安京の入口にある応天門の楼上です。

勝負に熱が入ると、男の形相はたちまち変わりました。肌は赤膨れして眼は吊り上がり、口は耳まで裂けて鬼のそれに変じます。

しかし長谷雄は平然とサイコロを振り続け、軽々と男に打ち勝ちました。

鬼は賭けの代償として、一人の美女を差し出します。その際、ひとつの条件をつけて、

「これより百日の間、この女には指一本触れてはならぬ。破れば無残な結果が待っているぞ」

「百日だな。たやすいことだ」

長谷雄は、その女を屋敷に連れ帰りました。が、見れば見るほどその美しさは際立っていきます。長谷雄は、役人の勤めも趣味の双六も、もう手につきません。

九十九日まで我慢しましたが、明日は結願《けちがん》（願いの成就日）という夜、ついにその女へ触れてしまいました。

するとたちまち、女の身体はドロリと泥のように溶け去ったということです。

後に長谷雄屋敷の門前に、何者かの立つ気配があり、

「愚かな長谷雄よ。あの女は山野に転がる骨を集めて、俺が作ったものだ。百日の我慢があれば本物の女となり、それが生んだ娘は絶世の美女として宮中にも召されたものを」

高笑いとともにこう言う声が聞こえた、ということです。

紀氏の血をひく者は、なぜか鬼に好かれるらしく、こうした話はほかにも残されています。

この『長谷雄草子』が描かれた鎌倉時代の初めにも、鬼と仲良くなった紀姓の刀鍛冶がいました。その名を行平《ゆきひら》、通称は紀新大夫《きのしんだゆう》といいます。

この人の出生地は、はっきりしていません。若い頃、九州北部にある修験道の中心地英彦山《ひこさん》の鍛冶屋谷で修業した後、諸国を渡り歩いて作刀しました。

後に源氏の名門大友氏に従って豊後国岸《きし》の庄《しょう》へ下り、代官職に任じられた、と伝えられています。

お代官様で鍛冶屋はおかしい、という向きもあるでしょうが、江戸時代と情況は異なります。中世の荘園は、ほぼ自給自足体制でした。金属加工の技術者は、在地組織の中で高い位を得ることがあったのです。

老いた頃、この人は鍛冶に適した環境を求めて、国東《くにさき》半島のあたりを転々としましたが、最も長く仕事場を置いていたのは、現在の国東市国見《くにみ》町紀古《きこ》（鬼籠《きこ》）です。

そこで連日、熱心に鎚をふるっていた行平。ある日、腰を痛めてしまいました。

仕方無く家で臥《ふ》せっていると、一人の少年が訪ねてきます。

その格好は、唐子《からこ》のような袖の長い官服《かんぷく》に鳥の羽根を散らし、頭は耳の横に髪を束ねた角髪《みずら》という古風なもの。

行平がその異形に驚くのもかまわず少年は、切羽詰《せっぱつ》まった様子で、

「太刀を一振り、お願いします」

と言います。理由を聞けば、

「我が家の近くに住む者どもが、寄ってたかって我をいじめるのです。これ以上の恥辱に耐えられず。災いは刃《やいば》によって払うしか無しと思い定めました。なにとぞ、一振り」

少年が並の者ではないことは、姿形でわかりましたし、その必死の表情にも行平は動かされました。

「刀杖《とうじょう》で恨みを晴らそうとは、よほどの話と見た。よかろう、一振り鍛えて進ぜよう」

ひと月ほどしたら、また参るが良いと答えると、少年は喜んで帰っていきました。

行平は痛む腰を騙し騙し、火床に立ちます。出来上がった刀は刃渡り二尺七寸（約八十二センチ）。これに粗砥《あらと》（荒研ぎ）をかけましたが、柄《つか》を作る時間はなく、茎《なかご》にただ荒縄を巻くばかりです。

約束の日、少年は再び現れました。

「わしは鍛冶ゆえ、拵《こしらえ》も付けられぬが、これで良いか」

「あとのことはこちらでいたします。かほどの名刀を打っていただき、お礼の言葉もございません」

少年は抜き身の太刀を背負うと、その場から走り出ました。

「首尾良く害をなす者が討てると良いがのう」

行平は、走り行く少年の後ろ姿にそうつぶやきます。

数日後、行平が寝床を離れると、なぜか腰痛が嘘のように消えていました。

「あの稚児《ちご》に良いことをしたので、御利生《ごりしょう》があったのか」

と思っていると、その晩、少年が顔を出しました。

「首尾良ういきました。いただいた太刀で、仇なす者たちを片端から斬り捨て、長年の恨みはこれにて晴れました」

少年は深々と頭を下げ、続けてこう言います。

「その礼物《れいもつ》も持たぬこの身。せめて紀新大夫様の鍛冶仕事をお手伝いして、御恩返しをしとうございます」

行平は首を振って、

「その言葉はありがたいが、鍛冶の仕事は一朝一夕には出来ぬものだ。相槌《あいづち》を打つだけで十年の修業となるぞ」

「かまいません」

少年は次の日から行平の下働きとなりました。これがまた、よく働きます。そのうえ、教えたことは即座に覚えて、時には行平の迂闊《うかつ》さを指摘するまでになりました。

（これは、やはり人ではあるまい）

行平は少し恐くなりました。が、時が経つにつれ、この良く出来た弟子を手離せなくなります。

少年が来て以来、なぜか荘園の仕事も増えて行平の周囲は忙しくなりましたが、それが祟《たた》ったのか、持病の腰痛が再び悪化しました。

「師匠は床《とこ》に居《お》られませ。下ごしらえは、私めがつかまつります」

弟子の少年は、一人で槌を振るい、腰刀や太刀の下作りをして数をためました。これを鍛冶場の西二里（約八千メートル）ばかりにある黒木獄《くろきだけ》の洞穴に運んで隠し、時折取り出しては売って生活の足しにしました。おかげで行平は、飢えずに済んだということです。

三年ほど経ったある日、少年は行平の前に両手をついて言いました。

「長らくお世話になりましたが、俗世の縁が尽きました」

「どういうことかな」

「薄々《うすうす》お察しのことと思いますが、私はこの世の者ではありません。同類を多数斬りましたが、相手にも非があると梵天王《ぼんてんのう》が間に立ち、三年間の謹慎を申し渡されていたのでございます」

梵天は仏教を守護し、鬼類を支配する天竺《てんじく》の神とされています。この者、やはり鬼の眷族であったか、と行平は合点がいきました。

「その三年が明けましたので、冥界《めいかい》に戻らねばなりません。下作りの刀は、まだ多く残ってございます。これを生活《たつき》の糧《かて》としておだやかにお暮らし下さい」

と言うと少年は庭に立ち、淡々とその姿を消していきました。

行平が洞穴をたずねて見ると、中には半完成品の刀剣類が六十六振りもありました。どれもこれも、作風は自分とうりふたつです。

改めて行平は少年に感謝し、黒木獄に近い野田という場所に鍛冶場を移しました。そこで、自分が納得できる刀を再び鍛え始めます。時たま、刀を求めて訪れる者があると、

「我が鍛えし太刀か、鬼の鍛えし太刀が良きか」

などと言って、仕上がり途中の品を見せたということです。

客たちは初め行平の戯言《ざれごと》と思っていましたが、やがてそれが噂となると逆に人気を呼び、

「それがし鬼を恐れぬゆえ鬼作りの太刀を」

とか、

「刀は縁起の物ゆえ、師匠の鍛えた方を」

と、客はそれぞれの好みで買い分けするようになりました。この鬼鍛え、行平鍛えの見分け方は、茎の在銘「行平」の文字が、前者では行書（僅かにくずした文字）、後者が楷書である、

と伝えられます。

このような伝説を持つ行平。実際はどのような人物かといえば、どうも大変なトラブルメーカーであったようです。

刀鍛冶は存外身軽な職業で、己の腕を頼りに諸国を行き来する者も多いのですが、行平の場合は少々度を越しています。九州のほか、近江の野洲《やす》、駿河《するが》の藍沢《あいざわ》、相模の由井ヶ浜《ゆいがはま》（鎌倉）、上野《こうずけ》の利根《とね》。さらには出羽の月山《がっさん》にまで記録が残っているのです。

武士の都鎌倉なら名工として招かれた、と想像できますが、その他の地域への移動理由がよくわかりません。刀剣研究家の中には、行平が刀に適した良質な鉄と水を求めたのだ、という人があり、またほかの理由として罪に服しての流刑であった、と書く人もいます。確かに上野国利根庄（富祢荘・群馬県利根郡）には、行平が訴訟のいざこざから相手を斬り、流されてきたという言い伝えがあり、出羽月山にも流罪の行平が打ったという刀が、戦前まで残っていました。

実在の行平は、鬼の少年に刀を打ってやる好々爺ではありませんでした。かっとなると前後の見境もなく人を斬る短気で狷介《けんかい》な人物であったようです。

まあ、典型的な天才肌の人なのでしょう。現在この人の打った七振りが、刀剣最高の称号

「名物」の名を冠《かん》されています。

四、ふたつの磨上げ伝説

◆刀の願い「姫鶴一文字」

昔の人は、平然と名刀を磨上《すりあ》げました。磨上げとは、磨くことではありません。使い易いように、刀身を短くしてしまうことです。

刀をよく知らない人の中には、刃の上のほう（上身《かみ》）から切っていく、と思う人もいるようですが、そんなことはできません。鋒《きっさき》という先端部分は作り直しがきかないからです。どうするか、といえば柄《つか》の部分に入る刀の根元（茎《なかご》・中心）を切断するのです。

ここには刀を作った鍛冶師の銘《めい》が入っていることもあり、あまり縮め過ぎると、大事な銘を失ってしまいます。また、反《そ》りの角度が違ってきますから全体の姿が変わり、途端《とたん》に魅力を失ってしまうことも往々にして起こります。

身を守る道具。しかも使えば必ず研ぎ、研げば形を崩していく消耗品の運命を背負いつつ、魂の籠もった道具以上のもの、という矛盾した存在が刀剣であったのです。

そのため、次のような話も残っています。

「越後の武神」上杉謙信《うえすぎけんしん》は居城春日山《かすがやま》の実城《みじょう》（本丸）に、約七百振りの刀剣を集めていました。日々の刀の手入れだけでも多くの人手を必要としたため、養子景勝《かげかつ》の代になると特にすぐれているものだけを三十五振り（一説に三十六振り）選んで、別扱いにします。これを俗に「景勝公三十五腰」などと言いますが、この中に「姫鶴一文字《ひめつるいちもんじ》」というやさしげな名前の刀がありました。

刀の台帳には「上《かみ》　秘蔵　一、ひめつる一もんじ」とあり、銘は茎にただ「一」の字が切りつけてあるだけです。これは備前福岡一文字派の作で、刃文が美しく、刃渡りは二尺三寸七分（約七十二センチ）。

謙信はしかし、この太刀にしては少し短い長さが気に入らなかったのか、ある日、

「いっそ、磨上げて打刀《うちがたな》にしてしまおうか」

と考えます。すぐに御腰物役《おこしのものやく》（刀係）を呼んで、

「これを刀直しの者に渡せ」

と命じました。上杉家お抱えの研師《とぎし》は、この一文字を受け取って頭を抱えます。

「このいかにも美しい刀を切り縮めよとは、菅領（謙信）殿も、惨《むご》いことを申される」

しかし、御領主様の命令は絶対です。刀の形を崩さずいかに短くするか、研師は悩み、その

日は刀を枕元に置いて寝ることにしました。

するとは夜中、美しい姫君が現れて、

「私をお助け下さい」

はらはらと泣くのです。

「助けよ、とは一体どのように」

すると姫君は黙って研師の枕元にある刀を指差して消えました。

「妙な夢を見たな」

朝、目覚めて一文字を手に取り、研師は鞘を払います。

刀の地肌は、木目《もくめ》の模様が大きく現れた大板目《おおいため》で、刃文は丁字《ちょうじ》乱れ。その波打つところは、鳥が羽搏《はばた》くようにも見えます。

刀の美しさに、その日も研師は手を出すことができず床につきました。すると、またしても、夢の中に姫君が現れます。

「越後国主（謙信）殿に、申して下さい。私を切るな、と」

（もう間違いない、これは刀の霊だ）

研師が黙ってうなずくと、姫はうれしそうに消えていきました。

翌日、城に上がった研師は、御腰物役に言上《ごんじょう》します。

「不思議なこともあるものよ」

御腰物役は、目の前に置かれた一文字を眺めて、

「実は昨晩、わしも同様な夢を見た。妙齢の女子《おなご》が枕辺《べ》に出現し、我を切るなとさめざめ泣くのだ。名を問えば、鶴と答えた」

「ならば間違いございません。この一文字には、一部大きく焼き刃が鎬《しのぎ》を越し、まるで鶴が羽を広げたように見えるところがございます」

御腰物役は、実城の看経所《かんぎんじょ》（祈禱所）に籠もる謙信にこの事を伝えました。

「面妖な話であるが」

と謙信は深くうなずき、

「刀霊《とうれい》の哀願なれば是非もない」

磨上げを止《や》める、と言いました。それに続けて、

「この刀を以後、姫鶴と名付ける」

名前まで与えました。以来、姫鶴一文字は一度も磨上げられることなく上杉家に伝わり、戦後、個人の所有となりましたが、現在は、山形県米沢市、上杉博物館の所蔵となっています。

◆名をあげた偽正宗「振分け髪」

磨上げ噺を、もう一つ。

伊達政宗《だてまさむね》が、江戸城の大名溜《だ》まりで諸大名と語り合っていると、話が各自の腰の物自慢になりました。

拙者、差料は藤四郎吉光《とうしろうよしみつ》でござる。それがしは国俊《くにとし》で、とその由来を次々に語っていると、それまで黙っていた加藤嘉明《かとうよしあき》が唐突に、

「伊達殿は、奥州探題《たんだい》以来のお家柄じゃ。差料は、お名前の通り正宗《まさむね》でござろうな」

嘉明は、伊予松山から隣国会津四十万石に封されて以来、何かにつけて政宗をライバル視する男でした。

「いかにも」

政宗はうなずき、しまった、と思いました。日頃「漢《おとこ》の命は脇差である」と公言してはばからぬ彼は、いざという時の用心に使い勝手の良い二代兼定《かねさだ》を差しています。俗に「ノサダ」というこれも室町時代の名工ですが、やはり正宗の前には名がかすんでしまいます。

「見せて下され」

と言われたらどうしよう、と内心政宗は焦りますが、どうやらそれは免《まぬが》れました。

元和偃武《げんなえんぶ》と呼ばれた太平の時代です。江戸城中で抜刀することは、この頃から禁忌《きんき》事項の第

一にあげられていました。

急いで江戸屋敷に戻った政宗は、腰の物掛《かかり》を呼びつけます。

「我が屋敷の刀櫃に正宗の脇差はあるか」

「ございません」

「太刀・打刀の類《たぐい》はあろう」

当時、伊達家は長い正宗を数振り所蔵していました。実際に使われた正宗の中には大きな刃こぼれを持つものもあり、これは後に池田家・二代将軍秀忠の手に渡った後、尾張徳川家が秘蔵。「池田正宗」と呼ばれています。

「あれらのうちのいずれかを大磨上げにするわけにはいかぬか」

「御冗談《おたわむれ》を」

腰の物掛は首を横に振りました。

「天下の名刀を、戦場ならばいざ知らず、殿中の戯《ざ》れ言《ごと》のため磨上げるなどと」

政宗はその言葉に顔色を変えます。

「たとえ戯れ言とて、公《おおやけ》の場で漢が口にした言葉ぞ。もし違っておれば、伊達の家が恥をかくのだ」

腰の物掛は、黙って平伏します。

「よし、わかれば良い」

政宗は口調を和らげました。

「これについては家の重大事であるから、仙台より国包《くにかね》を呼ぶ。磨上げについて相談いたすぞ」

山城大掾《やましろのだいじょう》国包は、伊達家お抱えの刀工です。伊達家の飛脚が仙台に走り、七日ほどで国包が江戸に到着します。すぐに政宗へ拝謁すると、

「なんと、天狗のように早いな」

政宗は驚きます。国包はしれしれと笑って、

「ちょうど仙台米を江戸に回漕する船がございましたので、便乗いたしました。鹿島《かしま》より刀根《とね》（利根川）、手賀沼《てがぬま》など、川船を用いましたのでかように早く江戸へ」

「なるほど」

正宗は国包の考えを読み取りました。

「汝も、天下の名宝を磨上げるな、と意見しに参ったな」

「さにあらず」

国包は、塗りの刀箱を政宗の膝元に勧めました。

「これは来る途中、龍ケ崎《りゅうがさき》の御代官より預かった打刀でございます」

伊達家は常陸《ひたち》国龍ケ崎（茨城県龍ケ崎市）にも一万石の所領を持っていました。江戸の藩邸を賄《まかな》うための、いわゆる御賄い領と呼ばれる土地です。

「刀身を御覧あれ」

言われるままに、政宗は刀箱から取って鞘を払いました。

「ほう、これは新刀ながらなかなかの作であるな」

「刃文は小乱れ、砂流しかかり、これなら相州《そうしゅう》正宗と申しましても……」

「世間を欺《あざむ》けと言うのか」

眉をひそめる政宗に、国包はたたみかけます。

「実は殿も御存知でありましょう。世にある大名道具の正宗は、多くが本阿弥家、賄賂《まいない》取って切紙（鑑定書）を付けた紛《まが》い物《もの》であることを。これなどは、刃文が似ている分、罪が軽うございます」

政宗は、もう一度その刀を見まわして、ぱちりと鞘に収めました。それからうずうずと笑います。

「今、思いついたぞ。もっとおもしろいことをしてやろう。今度は、こちらが左馬介（加藤嘉明）めに、ひと泡ふかす番だ」

数日すると、江戸の町に噂が流れます。

「江戸城で伊達侯が恥をかきそうになったとよ」

「何でも、差料を正宗と偽ったために後へ引けなくなり、正宗の太刀を切り詰めて本物の脇差にしたそうだ」

「なんと、もったいないことをする」

武士はおろか町人までが騒ぎました。そのうち、噂はさらに尾ひれが付いて、

「その脇差は一尺六寸七分（約五十一センチ）。名は『振分け髪《ふりわがみ》』と名付けられた」

詳細に伝える者も出てきます。

「ふりわけがみってえのは、どういう意味だ」

「だからてめえは学《がく》が無《ね》え、というのだ。『伊勢物語』に、な。こんな歌が有る」

くらべこし振り分け髪も肩過ぎぬ
君ならずして誰かあぐべき

「幼馴染《おさななじみ》が惚《ほ》れ合って髪を上げるのを、刀を磨上げるに掛けた言葉よ。お気に入りの刀を、見栄のために切っちまう。まったく伊達者だなあ」

こうした話を伝えるのは、江戸伊達屋敷から密かに放たれた忍びや下人でしたが、噂はつい

に江戸城中にまで広まり、諸大名は政宗が廊下を行くたびに、彼の腰へ目をやって、

「あれが『振分け髪』か」

天下の正宗を惜し気もなく切り詰めるとは、とその豪気さに敬服します。また、磨上げの原因を作った加藤嘉明には、

「伊達侯をそこまで追い詰めて、名刀を損じさせた者」

という悪評が、しばしあがりました。これも政宗の企み通りです。

政宗の死後、この振分け髪「正宗」は、鑑定を防ぐために門外不出となりますが、百五十年ほど後の安永二年（一七七三）、十代将軍家治《いえはる》の頃に一度、本阿弥家の鑑定を受けて三百枚の折紙が付きました。それなりに良い刀だったのでしょう。

振分け髪は、明治の頃に伊達家を出て、持ち主を転々としていましたが、やがて行方不明となります。おそらく関東大震災の際に失われたのでしょう。

第四章

意志を持つ石や瓦

一、石灯籠斬り「にっかり」

ちょっとした庭や、寺社の参道に立てられる石の灯籠は、石仏などと同様、人の念が籠もり易いものとされてきました。

名刀噺の中にも、この灯籠を斬る物語が幾つか見受けられます。

室町時代の名工、備中国《びっちゅうのくに》（岡山県西部）の住人青江貞次《あおえさだつぐ》の鍛えた「にっかり」にも、石灯籠斬りの伝承がついています。

にっかり青江の名は、近年アニメやゲームで盛んにとりあげられて、刀の逸話は広く広く知られるようになりましたが、一応この項でも触れておきましょう。

徳川八代将軍吉宗《よしむね》の指示で編集された『享保名物帳《きょうほうめいぶつちょう》』の中に、こんな話が載せられています。

戦国時代、近江国蒲生《がもう》郡の八幡山（滋賀県近江八幡市の北方）を所領とする中島修理太夫《なかじましゅりだゆう》は、ある日、気になる噂話を耳にします。

「八幡山のお宮に化け物が出て人を脅《おど》す」

というのです。修理太夫は、領主として見過ごすことはできぬ、と愛刀青江を腰に、その晩一人で退治に出かけました。

八幡神社の参道に着き、端のほうに立っていると、闇の中をひたひたと何者かがやって来ます。見れば、幼児を連れた若い女です。

女は修理太夫を見ると、にっかりと笑って（これが「にっかり」の由来です）幼児に向かって、

「さあ、殿様に抱かれておいで」

と言います。けしかけられたその子は、おぼつかない足どりで、修理太夫に駆け寄ろうとします。反射的に彼は腰の刀――その時は太刀《た》拵《ちごしらえ》だったようです――を抜き放ち、幼児の首を落とします。すると、その身体は消え去りましたが、今度は女のほうが、

「妾《わらわ》も抱いてたも」

と走り寄ります。

「化け物」

一喝した修理太夫は、これも一刀のもとに首を刎《は》ねました。

女の姿も消えましたが、彼の手の内には何かを斬った感触が有り有りと残ります。

その夜は屋敷に戻り、朝再び八幡山に登りました。参道には、古い石灯籠がふたつ、火袋《ひぶくろ》

のあたりを断たれ、笠の部分が落ちていました。

「これがあの化け物どもの正体か」

石の断ち目を見た修理太夫は満足します。

以来怪しの者は現れなくなり、彼の刀は「にっかり」と呼ばれるようになった、という話……。


諸国の伝承を調べていくと、ほぼ同じ話が信濃国に、残っていることがわかりました。『諸国百物語』巻四の十の中にある「浅間の社の化け物の事」という物語です。

浅間山《あさまやま》の山麓、追分《おいわけ》のあたりを領分とする武芸自慢の領主が、化け物退治を思いつきます。浅間の社に出かけて待つうちに深夜、幼児連れの女と出合いました。女が「汝《なんじ》、あの殿に抱かれよ」と幼児に命じると、その子が領主に駆け寄るところもそっくりです。

しかし、その後が少し異なります。領主が斬ると、その子がふたつに割れ、よっつに斬れて、まるで扁形動物プラナリアのように数を増やしていく、という何ともシュールな話に発展していくのです。

最終的には、女が巨大な鬼と化して襲いかかり、領主は三刀《みがたな》し（三回刺し）て気絶。醒《さ》めるとそこには刃の通った石の九輪塔があった、というところで物語は終わります。

こちらの主人公は、

「二尺七寸（約八十二センチ）の正宗の刀に、一尺九寸（約五十八センチ）の吉光の脇指を差し添え、九寸五分（約二十九センチ）の鎧通《よろいとう》しを懐に差し」

という重武装ですが、それだけの数の名刀を所持できるのは、並の地方領主では無理というもの。これには、モデルとなった人物が、信濃の豪族村上義清《むらかみよしきよ》と書く民話研究家もいます。

義清は天文十七年（一五四八）、信濃に触手を伸ばす甲斐の武田晴信《たけだはるのぶ》（信玄《しんげん》）を上田原《うえだがはら》で散々に打ち破った地域の英雄です。天文二十二年（一五五三）居城を落とされた彼は、上杉謙信を頼って越後に逃れますがこの時、村上家の刀の多くが、義清を匿った上杉家の刀櫃に収まりました。


「にっかり」の伝承にも、中島修理太夫、石灯籠斬り噺のほかに、多くのバリエーションが存在します。

近江佐々木家の某《なにがし》が石の地蔵を斬る話。近江の八幡一帯を検地していた浅野氏の家来が石塔を斬る話。地元の土豪が、鬼火の中にある女の首を斬る話など現在六つほど知られていますが、探せばほかにもっと出てくるでしょう。

これらはいずれも、「にっかり」と化生《けしょう》が笑うというところが、話のミソとなっています。異伝が多いのは、それだけ当時の人々がこの奇譚を好んだ、という証でしょう。

刀のほうも多くの武将に好まれました。わかっているだけでも柴田勝家から養子勝敏《かつとし》。彼から丹羽長秀。子の長重《ながしげ》、秀吉に献じられた後、子の秀頼から京極高次《たかつぐ》。以来、四国丸亀京極家へ代々伝わり、昭和に入ると一時個人所有となりますが、平成九年（一九九七）、丸亀城築城四百年の記念事業で、同市立資料館が購入しました。

収まるべきところにようやく収まった「にっかり」ですが、ゲームで擬人化されたおかげか、一時は大変な人気でした。

博物館で展示があると、今もケースの前に若い人々が群がります。

秀吉の頃、この刀を子細に検分し、由来書と刀絵図を残した本阿弥光徳がこの光景を見たら、

「おお、青江を見て、皆が『にっかり』と笑いおるわい」

と言うかもしれません。

二、暴れる石灯籠の主「貞宗」

江戸時代、享保から寛保の頃（一七一六―一七四四）に書かれたと思われる『老媼茶話《ろうおうさわ》』の

中に、

「いつの話か、はっきりしない」

と前置きして、会津《あいづ》（福島県）猪苗代《いなわしろ》城代の何某《なにぼう》が、伴も連れず、一人で酸川野《すかわの》河原へ野駆けした話が出ています。

とある畑の前に馬をとめ、景色を眺めていると、妙なものが眼の端に止まりました。苔《こけ》むした石灯籠が、畑の真ン中にぽつんとひとつだけ立っているのです。

「家もないこんなところに、不思議な」

と思った城代は、近くで畑を耕している農夫に尋ねます。

農夫は、頭の手拭いを取って馬前に膝をつきました。

「なぜここにあるのか、わかりませねえが、おらの爺さんの、そのまた爺さんの代から立っているということでごぜえます」

「左様に古いものか」

「おらの爺さんが子供の頃に聞いた話では、このあたりには昔、大きな寺があったそうにごぜえます。それがいつの頃か廃《すた》れて、この石灯籠だけ残ったそうにごぜえます」

「ふうむ、左様か」

馬を降りた城代は、その石灯籠に触れようとしましたが、農夫はあわてて止めました。

「さわってはなりませねえだ。これに触れたり動かしたりすると祟《たた》りがごぜえますそうな。そういうわけで、おらたちも畑仕事の邪魔でしょうがねえのですが、我慢しております」

「祟られた者はおるのか」

と城代は尋ねました。農夫は首をふって、

「このあたりの者は、古くから祟りの話を聞かされて育ってごぜえます。だから触れた者もいないので、祟られた者もおりません」

と答えます。城代は、しみじみとその石灯籠を見まわして、

「かほどに形の良い灯籠は、久しぶりに見たな。ちょうどわしは城下に別邸を建てている。新しい庭に置けば、この石灯籠も映《は》えるだろう」

と言います。農夫は驚いて止めますが、城代は笑って城に戻ると、荷車と人夫をつかわして石灯籠を引き抜き、別邸に運ばせました。

さっそくに庭の程良いところへ立てると、庭は途端に引きしまります。

「由緒あるものは、こういうところに置いてこそ価値が出るのだ」

城代は大いに満足し、その日は新築の邸宅に泊まりました。

その夜、三更《さんこう》（深夜十二時頃）も過ぎた頃、表門を叩く音がします。

「俺は堀貫《ほりぬき》の彦兵衛《ひこべえ》という者だ。ここを開けろ」

門番が扉の覗き口から外を見ると、ざんばら髪を藁《わら》で束《つか》ね、襤褸《ぼろ》の単衣《ひとえ》の腰に荒縄を巻いた、物乞いのような男です。

そんな奴が事もあろうに御城代の邸宅前で横柄な口をきく。これは狂人に違いない。関わり合いにならぬが一番、と門番は無視しました。しかし男は、

「なぜ開けぬ。わしは城代に話があって来た。開けよ、開けよ」

増々騒ぎ立てます。門番が、なおも無視し続けると彦兵衛と名乗るその男は、表門の屋根を軽々と飛び越え、入ってきました。

「なんという奴だ」

城代屋敷の門番ですから、そこは武芸の心得もあります。取り押さえてくれよう、と組みつきますが、相手はものすごい力で押し返します。

揉み合うこと数刻。夜明けまで取っ組みあっていましたが、門番は気を失ってしまいました。朝、ほかの者が気づいて彼を介抱しましたが、彦兵衛なる者の姿は見えませんでした。

次の晩も、同じ頃合いに門を叩く者がいます。

「今度こそ捕まえてやる」

門番は同僚を集めました。が、彦兵衛と名乗る男は、またしても門を飛び越えて、皆があれよと言う間に、城代の寝所へ走り込みます。

流石にこの騒ぎで目をさました城代が、夜着を撥ね除けて待ち構えていると、

「堀貫の彦兵衛が参ったぞ」

怪人は城代の枕元に立って、獣《けもの》のように吠えました。

「その方《ほう》、何ゆえ我が亡《な》き後の印《しるし》を奪い取ったか。急ぎ元のところに戻せ。戻さぬとあれば容赦せぬぞ」

城代は、刀掛けから愛刀を取って、

「猪苗代城代に、無礼な雑言《ぞうごん》！」

抜く手も見せず斬りつけると、堅物《かたもの》（固いもの）に当たる手応えと、鋭い音がして、彦兵衛は消えました。

翌朝、城代は家来たちに邸内を調べさせました。すると、庭の石灯籠に真新しい刀疵がついている、と報告が入ります。

「あの農夫が申した通りであったな」

城代は人夫を呼んで、その日のうちに元の畑へ石灯籠を戻しました。その後、彦兵衛と名乗る怪人は現れなくなったということです。

この伝承には、彦兵衛の正体も、それを斬った城代の名も、さらに斬った刀の名も伝えられ

ていません。

しかし、いろいろなところにヒントが隠されています。

まず、猪苗代城代。名の通りこの城は猪苗代氏が築きました。秀吉奥州仕置の後、会津若松城に蒲生氏郷が入ると城は支城となります。

その後、上杉景勝、再び蒲生氏。加藤嘉明、子の明成《あきなり》。加藤氏改易後の寛永二十年（一六四三）。徳川秀忠の庶子《しょし》保科正之《ほしなまさゆき》が、二十三万石で若松城に入ります。

当時は一国一城令で、全国の支城は取り壊しが普通でしたが、猪苗代城は重要な位置にあるため保存され、幕末まで城代が置かれました。

この歴代城代の中で、最も有名な者は岡左内《おかさない》という人です。左内は初め蒲生氏郷、後に上杉氏、再び蒲生氏に仕えました。氏郷の影響でキリスト教に入信し、しかも天下三奇人の一人に数えられましたが、その理由《わけ》は、異常なまでの金銭収集欲にありました。集めた金貨を座敷に撒き、裸でそこを転がりまわるという奇癖があり、人々の誹《そし》りを受けましたが平然としていました。しかし、上杉景勝が家康と戦う決意をかためると、その金銀を惜し気もなく差し出して、皆をあっと言わせました。

また、武勇の人で、関ヶ原の後に伊達政宗が福島城へ攻め寄せた時は、赤い陣羽織に金の栄螺《さざえ》の兜という異装で出陣します。阿武隈川《あぶくま》を渡る政宗と一騎討ちになると、背後から斬りつけた政宗に馬を返し、有名な三日月の前立と鎧の胸板を斬り落として、膝頭まで傷つけました。後に相手が敵の総大将政宗と知って大いに悔やみ、

「貧相な具足をまとっていたから雑兵と見誤った。政宗と知れば戻って首を獲ったものを」

と、政宗に斬りつけられた陣羽織の裂け目を金糸で縫い取り、見せて歩いたといいます。

左内は桃山時代の贅沢者ですから、諸事派手好みでした。現代ならシックに見える総黒漆塗りの「雪ノ下胴」具足も、飾りの無いただ貧乏臭い鎧にしか見えなかったのでしょう。

左内はまた刀の収集家でもありました。愛刀は、名工正宗の子、あるいは弟子とされる貞宗《さだむね》の作。これはその頃、奥州中に聞こえた刀です。

この名刀ならばこそ、政宗自慢の鉄打ち出し雪ノ下胴を、難無く断つこともできたでしょう。こう考えていくと、彦兵衛を名乗る石灯籠の化身（？）を斬った刀は、貞宗と見るべきでしょうか。

いや、もともとこの物語は、名刀奇談のひとつである「石灯籠斬り」と貞宗の伝承を変形させたものと考えるべきなのかもしれません。

ではなぜ、城代や彦兵衛なる者の詳細も語らず、時代不明などと話を暈《ぼか》しているのでしょう。それは主人公岡左内がキリシタンであったことと深い関係があると思われます。熱心な信徒だった左内の死後、東北でも宗門《しゅうもん》改めがきびしくなり、大勢の信徒が殺害されました。左内

の後を継いで猪苗代城代となった彼の息子も、棄教して弾圧側にまわります。その忌《い》まわしい記憶が、こうした細部のおぼろげな物語に変わってしまったのかもしれません。

なお、『雨月物語』を書いた江戸後期の作家上田秋成《うえだあきなり》は、左内の前に金の化身である一尺（約三十センチ）の老人が現れて、金銭論を交わす物語を書いています。

しかしここでもやはり左内がキリシタンということには触れられていないのです。

三、埋もれた鬼瓦

谷文晁《たにぶんちょう》、通称文五郎《ぶんごろう》は、江戸時代後期に活躍した画家です。この人が江戸下谷《したや》に暮らしていた時のこと。家事の手伝いに傭っている田舎出《いなかで》の娘が、毎夜ひどくうなされているのに気づきます。

「悪い夢でも見るか」

と尋ねてみるとはたして、夢の中に鬼が出てくるという答えです。

「それも毎晩、厠《かわや》から帰って床につくと、決まって出てくるのです。もう、こわくてこわくて」

「ふーむ」

何かの祟りか、と文晁は思いました。しかし、その娘は人が好いばかりで、祟られるような大それたことをする者ではありません。

「厠から帰って来ると……出るか」

文晁は、その晩、遅くまで起きて一人画室に籠もっていました。すると深夜、娘が厠に立つ気配です。

文晁の家は、裕福な商家の隠居宅を改造したもので、なかなかの広さでした。厠は母屋の長い廊下を渡った先の、別棟《べつむね》に造られています。

ところが、娘は廊下を歩いていったと思うと、すぐに戻ってくるのです。その足音に耳を傾けていた文晁は、はたと気づきます。

翌朝、娘を呼ぶと、こう言いました。

「あれから考えてみたが、お前が不審な動きを見せるのは夜、厠に行く時だけだ。たぶん、お前は厠以外の場所で用を足しているのだろう。それが何か鬼と関わっているに違いない。その場所を正直に言いなさい」

娘は最初、黙って俯いていましたが、文晁に問い詰められて、ついに、

「廊下の闇が恐ろしいもので、庭に降り、もちの木の根元で毎晩済ましております」

と答えました。

文晁は画塾の弟子たちを集めて、娘が小便をしているという、もちの木の根元を掘らせました。

すると鍬《くわ》の先に、かちりと当たるものがありました。出て来たものは、何とも古風な二月堂の鬼瓦です。以前の家主が趣味人で、庭にでも飾っていたものが、埋もれてしまったのでしょう。

文晁は鬼瓦を何度も水で洗い清めて、床ノ間に飾りました。以来、娘は鬼の幻を見なくなったということです。

以上は『写山楼之記』に出ている話ですが、これに似た物語が京にもひとつあります。

中京《なかぎょう》（京都府京都市）、烏丸御池《からすまおいけ》の裏手に、いつの頃からか、鬼が出るという図子《ずし》（横丁）がありました。

町の中心地でありながら、そのあたりは町屋《まちや》と町屋が入り組んで塀ばかり高く、昼間でもあまり人通りがありません。

江戸の中頃、さることがあって浪人した人が、このあたりの商家に間借りしました。その時、部屋を貸してくれた人が、

「誰《た》そ彼刻《がれどき》になったら、そこの図子に足を踏み入れたらあきまへんえ。たごに小便してもあき

まへん」

と言います。たごとは京の町の辻ごとに設置されていた公衆トイレの桶です。中味は近くの百姓が定期的に回収して肥料に用います。

「図子に入ったら、鬼が出るというあれか」

「左様《さい》だす」

という答えです。

おもしろいと思った浪人は、次の日の夕方、佩刀《はいとう》の目釘《めくぎ》を確かめて、その図子に出かけてみました。誰《た》そ彼刻《かれどき》というのは陽が落ちて、しかし夜の闇も迫らぬ曖昧《あいまい》な時刻です。向こうからやって来る人の見分けがつかぬため、彼《か》は誰刻《たれどき》とも言い、この時刻に魔が大挙して徘徊するとされていました。

浪人が図子を覗き込むと、そこはゴミが散乱するばかりです。

「汚い通りだな。都の何のと威張っていても、一歩裏へまわれば、こんなものか」

呆れた浪人がふと見ると、破れた板塀の陰に小便桶が置かれています。長いこと使っていないのか、雨水が底に少し溜まっているだけでした。

これだな、と思った浪人は、桶に歩み寄ると、袴の裾をまくりあげて、そこに放尿します。

（何も起こらないではないか）

図子の小門《こもん》を潜って戻りかけ、ふと怪《あや》しの気配に上を見れば、塀の上に何やら大きなものが蟠《わだかま》っています。

目を凝らすと、それは丈《たけ》九尺（約二メートル七十センチ）ばかりの鬼でした。

「何だ、鬼にしては存外に小柄だな」

浪人は落ち着いて刀の鯉口《こいぐち》を切ると、摑みかかってくる腕を避けるや、一歩踏み込んで、鬼の額《ひたい》に斬り込みます。

がちり、と固い手応えがあって、鬼の姿は消えました。

浪人は借家に戻ると、商家の家主にこのことを語りました。

どこの世界にも人のしたことにケチをつけたがる者はいます。

「左様な阿呆な話があるかい。証拠も無しで何ぬかしとる」

京の者は他国者を侮るのが常でしたから、浪人を罵倒することはなはだしく、ついには町内の若い衆が、徒党を組んで検分することになりました。

夕刻、若者たちは問題の図子に足を踏み入れます。大勢ですから、さして恐ろしくもなく、塀の端にたごを見つけると、皆でじゃあじゃあと小便をします。

「何も出えへん」

笑いながら帰りかけると、鬼が立っていました。爛々と輝く両眼の上に、深々と切れ込みの

ある顔で若者たちを睨みつけると、

「噛《か》もかー」

と一声、摑みかかってきます。

「そら、出おった」

若者たちは、あわてて逃げ出しました。

一方、浪人は家で自分の刀を確かめます。

(ひどく固いものを斬ったようだな)

刃こぼれは無いものの、物打ちのあたりには、細かい引き疵が付いていました。

「羅生門《らしょうもん》の鬼でも、刃物で斬れば片腕が落ちたという。これは生身《なまみ》のものではあるまい」

そこへ、若者たちが戻って来て、口々に浪人を罵倒したことを詫びます。

思い当たることがある浪人は、町屋の有力者を訪ね、図子の清掃を提案しました。次の日の早朝、散らばる廃材の山を片づけ、奥の小便たごの下を掘ってみると、そこから大きな鬼瓦が出てきました。その額にあたる部分には、浪人が斬り込んだ真新しい刀疵が確かに付いています。

町屋の者が鬼瓦を清め、近くの寺で供養したところ、以来鬼は出てこなくなったということです。

噂を耳にした大和国のさる大名家が、浪人の武勇に感じ入って召し抱えの沙汰《さた》をしましたが、件《くだん》の鬼瓦切は、その大名家に献上されました。

その折、本阿弥家が刀の鑑定をします。刃渡り二尺二寸（約六十七センチ）。無銘で、刃文は互《ぐ》の目丁字《めちょうじ》。その華やかな作風から、大坂鍛冶の大和守吉道《よしみち》であろうという見立てでした。

浪人ながら、これだけの刀をよく手離さずに所持していたものだ、とこれも評判になった、ということです。

四、蛇石の怪

大和国高取《たかとり》城は、徳川家の譜代《ふだい》大名植村《うえむら》氏二万五千余石の城です。

その城下、大和土佐街道の道沿いに、玄庵《げんあん》という医師が住んでいました。

この玄庵の従兄《いとこ》に巳之助《みのすけ》という人がいて、少し離れた上品寺《じょうぼんじ》村（橿原市上品寺町）に暮らしていましたが、彼は大和国の特産、麻の蚊帳《かや》を扱う裕福な商人でした。

旧暦の六月頃といえばお暑いさかりですが、蚊帳商いは逆に商品を売り切って、ひと息つく時分です。

「そうだ、従弟の玄庵はどうしていることか」

久しく顔を合わせていないことを思い出し、店の者を使いに立てました。

「明後日の昼前にお訪ねする。積もる話はその折に」

という口上です。さて、その日。日が昇っては難儀だろうと、七ツ刻（午前四時頃）、巳之助は手代《てだい》一人を伴に連れて家を出ました。

上品寺から高取までは、下《しも》ツ道《みち》という古道を真っ直ぐ南に下って二里ばかりです。のんびり歩いて、ようやく日が昇り始めた頃、巳之助たちは、飛鳥《あすか》の御陵（欽明天皇陵）のあたりにさしかかります。

「早よう家を出てよかった。この分なら存外早く着くであろう」

巳之助は、左あすか道、中《なか》つぼさか寺と書かれた道しるべを見て、ほっとします。このあたりには古い時代の石造物——鬼の雪隠《せっちん》・鬼の俎《まないた》・亀石などという、おどろおどろしいものが高台にごろごろしています。

そのままただ進んで行けば、檜前《ひのくま》という集落の前。右手は丘が迫り、左手は休耕田で、夏草が生い茂っています。

「あと十町もいけば、玄庵の家だ。ここらで少し息を入れていこう」

草原に足を踏み入れますが、朝露が乾いておらず、足が濡れてしまいました。

ふと見ると、草原の中に手頃な石が転がっています。これに腰かけようとして、いやいや、ここでは虫に刺されてしまう。いっそ、道の端まで持ち出そう、と手をかけると、これが異様に軽いのです。

（まるで麻の束を運んでいるようだ）

おもしろがってその石を運ぶ主人を、伴の手代は呆れて眺めるばかりでした。

道の辻《つじ》にこれを据えた巳之助は、尻が汚れぬよう手拭いを敷いて腰を下ろしました。

これが重ねた座布団に座っているようで、実に座り心地が良いのです。気を良くした巳之助は腰の煙草入れと、火打ち石を取り出して、カチカチと打ちます。その時、少し石が動いたような気がしましたが、石の置き方が悪いのだろう、と別に気にもとめませんでした。

青々と稲の萌え出た田を眺めながら五、六服吸って灰を落とした巳之助は、立ち上がります。道の端でしゃがみ込んでいる手代に声をかけ、二町（約二百メートル）ほど行くと、どうしたことか突然滝のように汗が吹き出してきます。

「急に暑くなったな」

と手代に言うと、いえ、手前は一向に、という答え。そのうち耐えられぬほどの暑さを感じて巳之助は、我慢できなくなりました。

ちょうどそこに涌いている清水を見つけて、顔や手を洗い、拭おうとして生臭いにおいに気づきます。嫌なにおいのもとは、先ほど岩の上に敷いていた手拭いでした。そのにおいをとるために何度も手拭いを洗いますが、においは増々強くなっていきます。

これはひどい、と手拭いをその場に捨てて、歩き出しますが、今度は顔や手についたにおいが鼻につき、吐き気を催してきます。

「これはたまらぬ」

早く従弟の家に着いて、湯浴《ゆあ》みさせてもらおう、と早足で高取城下に向かいました。

医師玄庵とその家族は、食事の最中でした。

「どうなされた。待っておりましたが、あまりに遅いので、用意の食事に手をつけてしまいました」

と言います。妙なことを言うと思った巳之助は、

「家は七ツ立ちした。檜前の辻で少し休んだだけだ。そういうお前たちも朝餉をとっているではないか」

玄庵と彼の家族は大笑いします。

「お前さまも手代も、途中昼寝でもしてござらしたか。今はもう未《ひつじ》の刻（午後二時頃）じゃ。これは遅い昼餉でござりますぞ」

なんと、と外へ出て空を仰げば、確かに日は中天より少し傾き、きつい午後の日差しです。

伴の手代もびっくりして、

「いえ、七ツ立ちは本当でございます。途中、我が主人は、煙草を五、六服。せみど（涌水）で手を洗っただけで、寄り道もしておりませぬ」

巳之助のために弁明した。

「それは不思議。狐狸《こり》にたぶらかされましたか」

玄庵の言葉に巳之助は首をかしげ、

「日の高いうちに左様なことはあるまい。しかし不思議といえば、これこれこういうことがあって、何やら知らぬ、ひどいにおいが身についてしまった。湯浴みを所望したい」

話を聞いた玄庵の表情が、さっと変わります。

「それは大変じゃ。早く身を清めなされ。それも薬湯に入り、煎《せん》じ薬を飲まねばなりませんぞ。すぐに調製してさしあげましょう」

風呂場へ巳之助を押し込めました。着物から下帯まで取り捨てさせて湯につからせ、床に寝かせます。

そこで玄庵が説明するには、

「お前さまが座ったという石は、おそらく蛇石《へびいし》というものでしょう。つぼさか道のあたりには時たま現れて人を悩ますのです。そのにおいは濡れた蛇の死骸のようで、触れた者は病み煩い、命を落とす者もござるとか」

玄庵の聞いている間にも巳之助の身体は、少しずつ熱を帯び、頭痛もひどくなっていきます。ついには床に臥せましたが、夕方近く、薬の効果が出て小康《しょうこう》状態となったので、駕籠を呼んでもらいました。

巳之助は帰りがけ、その駕籠が檜前のあたりを通る時、そっと道端を見ましたが、あの石はどこにもありません。

伴の手代は、石に触れず少し離れていたので、巳之助のように患うことはなかったのですが、しかし、なぜ彼も朝が昼になるまで炎天下にしゃがんでいて気づかなかったのか、わかりません。

その後、ふた月ばかりして巳之助は、やっと床を離れることができたということです。

この話は、江戸後期に秋田佐竹藩で長山伝左衛門という人が書き残した『耳の垢』に「蛇石(龍石)」という題で載っています。

『耳の垢』はほかからの転写も多く、その原典は不明です。

しかし「蛇石《へびいし》」と聞いて、戦国時代のマニアなら、ぴんとくる人がいるかもしれません。それは『信長公記《しんちょうこうき》』天正四年(一五七六)の安土城築城の章にある「蛇石《じゃいし》」のことです。石垣に用いるため人夫六千七百人で斜面を引き上げましたが、途中で石がずり落ち、多数の人々が圧死した、と記録にある巨石です。

現在の安土城は、平成元年（一九八九）から始まった本格的な発掘調査によって、築城当時の姿が、ほぼ解明されていますが、不思議なことに、多くの記録にある「蛇石」は、山中のどこを探しても見つかりません。安土城の資材を運び出して築いたとされる近江八幡城の流用記録にも一切の記載は無く、巨石は煙のように歴史の舞台から消え失せているのです。

さて、大和国の「蛇石（龍石）」は、退治されませんでしたが、名刀噺なのですから、それを斬ったという話も載せなければなりません。

資料をいろいろ探してみると、江戸時代の文化五年（一八〇八）に出た『摂陽続落穂集《せつようぞくおちぼしゅう》』という本に、それらしい話がひとつだけ、載っていました。

この本は狂言作者浜松某《はままつなにがし》という人が、地域の噂話を集めたものです。

摂津国《せっつのくに》兵庫の津《つ》（兵庫県神戸市）のあたりに、平左衛門という酒商人が住んでいました。

先祖は戦国大名荒木《あらき》氏に仕えた武士でしたが、信長によって荒木氏が滅ぼされると安芸国《あきのくに》（広島県）に逃れ、そこで酒の商いを覚えて戻ってきた家系です。

瀬戸内に持ち船もあって結構な分限《ぶげん》（金持ち）でしたが、ただひとつの悩みは、息子の次兵衛《じへい》です。

大酒を飲んだり、女や博打にうつつを抜かしたりするわけではありません。ただ、趣味の石集めばかりして、一向に商売をおぼえようとはしないのです。

天然石を手元に置いて、その色彩や形を鑑賞することは、古く『伊勢物語』にもあり、初めは平左衛門も上品な趣味だと黙っていましたが、だんだんその「好き心」が目に余るようになっていきます。

部屋一面に石を並べ、仲間の会に顔を出しては、漬物石（と平左衛門は思っています）を、高額で買っては悦《えつ》に入っています。

また、紀州吉野（和歌山県）や美濃揖斐川《いびがわ》（岐阜県）の上流に名石が出ると聞くと、ぷいと家を出て、ひと月ふた月は帰ってきません。

中でも我慢できないのは、赤子の頭ほどもある丸い石を抱いて風呂に入ったり、寝床で添い寝することです。

「兵庫の津でも十本の指に入る酒屋の息子が物狂いでは、同業者の聞こえもどうだろう」

平左衛門は、店の者に申しつけて、密かに石を取り捨てさせようとしましたが、次兵衛は怒り狂って自室に立て籠もり、食事さえこばむ有様です。

「どうしたら、あの病が治まるのか」

すると、店に出入りする樽《たる》商人の一人が提案します。

「若旦那もお年頃じゃ。ここはひとつ嫁御を呼ばせ（迎え）てはいかがか」

その手があった、と平左衛門は膝を打ちます。同業者の中で美しい娘がいるのを幸い、媒人《なこうど》を立てて、てきぱきと事を運びました。

嫁を迎えた次兵衛は、相変わらず自室に石を並べていましたが、新妻と食事をともにし、帳場にも座るようになります。

やれひと安心。これも嫁のおかげと平左衛門は胸を撫でおろしました。

しかし、ひと月ばかりすると、その嫁が泣きながら平左衛門の前に手をついて、

「御当家に堪忍なりがたし、いとまを給《たま》われ」

実家に戻りたい、と言い出します。

「何か、息子に不具合があったか」

と驚いた平左衛門が尋ねると、

「いえ、若旦那には……。私は石がこわい」

よくよく聞けば、

「若旦那は、寝所に丸い石を持ち込みます。それが、時々部屋のあちこちを転がりまわるのです。ある時、私が昼寝していると、突然胸の上に乗ってきました。あやうくかわして何事もありませんでしたが、頭に当たればつぶされていたところです。こわくて、こわくて」

という話です。

(次兵衛め、まだあの石と添い寝しおるか)

舌打ちした平左衛門は、嫁を別室に匿《かくま》うと、息子の部屋を訪ねます。

次兵衛は愛石仲間の寄り合いとかで留守でしたが、中に何者かの気配がします。

障子の隙間から覗けば、部屋の真ン中にあの丸い石が置かれていました。まわりには水のようなものが飛び散り、石の横にはぽっかりと穴が開いています。

黒い紐状のものが濡れた畳を這いまわっていましたが、平左衛門の気配を感じたのか、さっと石の穴に潜り込み、その穴も見る間に縮んで消え去りました。

(なんだ、あれは)

身に寒けをおぼえた平左衛門は帳場に行くと、手早く手紙《ふみ》をしたため、手代に命じました。

「これを本山《もとやま》の宝鏡坊《ほうきょうぼう》に届けてくれ」

刻を置かずやって来たのは、平左衛門が懇意にしている法力自在と噂の山伏です。

「こういう異形のものが、息子の部屋にいる」

話を聞いた山伏宝鏡坊は、顔をしかめて、

「石か、それは難物だな」

腕組みします。

「御子息は、その魔性に魅入《みい》られているのだ。まず、石を断たねば我が法力もきかぬが」

「玄翁《げんのう》（石を割る大型の槌）を用意させよう」

「それでは逃げられてしまう。瞬時にスパリ、と……。そうだ、御当家は摂津荒木家遺臣の家系と聞く。利剣の持ち合わせはござらぬか」

「さて、質草にとった刀は何腰かあるが」

大店《おおだな》の酒屋は質屋も兼ねていますから、家の蔵には刀簞笥《たんす》がありました。

宝鏡坊は、あれこれ物色して、身幅の広い脇差を一腰選びました。これは無銘で、誰の作か不明。

「御子息が戻れば面倒だ。早々に済ませよう」

余人を遠ざけると、山伏は平左衛門と二人、部屋の戸障子を全て開け放ちました。

石は畳の中央にあり、あたりは水桶でも引っくり返したようにびしゃびしゃです。

廊下に座った宝鏡坊は呪文を唱え、平左衛門は脇差を腰にしてその後ろに膝をつきます。

宝鏡坊が刺高《いらたか》の数珠《じゅず》をさらさらともみしだくと、石は水を吹きながら部屋の中を、右に左に転がり始めました。

宝鏡坊は、呪文を唱える声を張りあげ、頃合いと見た時、声をかけます。

「今じゃ」

平左衛門は膝で座敷ににじり寄ると、脇差を抜き放ちます。片手打ちに、えいと斬り込めば、石は豆腐でも切るように、すぱりと割れました。

中から蛇のようなものが踊り出ます。宝鏡坊は叫びました。

「それを逃すな」

平左衛門は脇差を逆手に持つと、蛇に似た生き物の頭らしきところを刺し貫きます。

とたんに、あたり一面生臭いにおいが広がり、二人は鼻を押さえました。

しばらくして息子次兵衛が戻ってきます。愛玩する石が割られたことを知ると、半狂乱になって暴れました。が、宝鏡坊が彼の首筋を摑んで部屋に引き据えます。

「この石の中から出たものを見よ。これは唐《から》の本にある鮮膊《せんはく》という蛟《みずち》（水中に潜む蛇）じゃ。においも嗅げ。この気を長く吸えば、死ぬぞ。この愚か者めが」

叱りつけると、ようやく彼は我に返りました。それから平左衛門は、においの染みた部屋の建具を全て取り捨てさせます。

次兵衛も愛石趣味を止《や》めました。集めた高価な石は荷車に積んで和田の津に運び、全て海中に投棄します。夫婦仲も良くなり、

「其の後は別の事もなかりき」

と『摂陽続落穂集』は締めくくっています。

第五章

大蛇・大蜘蛛・鵺を斬る

一、「木枯」の由来

昔の人は、怪物の出現を予感する時、

「鬼が出るか、蛇《じゃ》が出るか」

と言いましたが、蛇も鬼と並び、魔力を持つものの代表でした。特に巨大化した蛇は人を呑《の》むとされ、日本各地にそんな話が残っています。

近くは明治十六年（一八八三）七月六日の「朝日新聞」に、和歌山県新宮《しんぐう》へ相撲巡行に出た時津風《ときつかぜ》部屋の力士登龍《のぼりりゅう》以下三名が、那智《なち》の滝詣《たきもう》での途中、「二丈（約六メートル）に余《あま》れる巨蛇《うわばみ》」と遭遇し、これと戦った話が載っています。

ボルネオやアマゾンの自然公園でもあるまいし、そんなものが日本にいるわけがない、と笑う人もいるでしょう。しかし、近年、中国の住宅地や工事現場から五メートルを超える大蛇が相次いで捕らえられ、ネットで公開されるなど、温帯性気候の地域でも、個体によっては充分大型化することが証明されています。

刀剣の物語で「蛇切」と言えば、まず筆頭にあがるのが八岐大蛇《やまたのおろち》を退治した素戔嗚尊《すさのおのみこと》と天《あめの》叢雲剣《むらくものつるぎ》の物語でしょう。しかし、これは古代の銅剣です。いわゆる「日本刀」成立後の話では、平安時代後期の「抜丸《ぬけまる》」から、語るべきかと思います。

この刀は、平清盛の父忠盛《ただもり》の佩刀《はいとう》として知られていましたが、早くからその行方は不明となっています。

そもそも抜丸が誰によって鍛えられ、何処から来たのかもわかっていないのです。『伊勢国志』や『平家物語』によると初めは、伊勢《いせ》国（三重県）に住む貧しい猟師の持ち物でした。この男は、日頃伊勢の大神を篤《あつ》く信仰していましたが、ある夜、夢枕にその大神が降り立ちます。

「少しは生活《たつき》の道が立つようにしてやろう。疾《と》く、猟に出るが良い」

次の日、男が急いで山に入ると、思いもかけず多くの獲物がとれ、途中三子《みつご》という塚の前では立派な太刀まで拾います。

男の暮らしは以来、少しずつ楽になっていきますが、ある時、鹿を追って深山に迷い込み、野宿せざるを得なくなります。彼は太刀を腰から外して傍らの木に立て掛け、眠りにつきました。翌朝目覚めて何か違和感を抱き、太刀を掛けた木に目をやると、枝葉が落ち、ひと晩で白く枯れ果てていました。

「これは太刀が生木《なまき》の命を吸い取ってしまったのだろう」

男は自分の太刀を「木枯《こがらし》」と名付けます。

この噂は、瞬く間に伊勢の国中に広がります。その時、

「その太刀、欲しや」

と言い出したのが、伊勢平氏の頭領平忠盛です。白河・鳥羽両上皇に仕え、日宋貿易で藤原系貴族を圧倒する財力を稼ぎ出した武家の長者。

「これは伊勢大神の下された太刀にございますれば」

と猟師の男は、初め嫌がりますが、

「ただとは言わぬ。汝《なんじ》を一所《いっしょ》の主《ぬし》にしてやろう」

忠盛は、破格の条件を示します。何と三千石の穫れ高がある荘園の長に任ずる、というのです。男は条件をのみ、木枯は忠盛のものとなりました。

その後も木枯は、奇瑞《きずい》を表します。

ある日、忠盛が京六波羅《ろくはら》の「池殿《いけどの》」と呼ばれた別邸で昼寝《うまい》していると、庭の池から大蛇が現れて鎌首をもたげます。

すると、横に置いてあった木枯の太刀が自然に鞘走《さやばし》りました。

大蛇は刀身の輝きに恐れをなして、一度は池に戻りますが、今度は庭をまわり、建物の中まで這い上がってきます。大蛇の魔力で金縛りにあったものか、忠盛は身動きできません。

間一髪《かんいっぱつ》。再び木枯が鞘から抜け出ると、宙を飛びました。あわや忠盛をひと呑み、と口を開

ける大蛇の首をスパリ、と斬り落とします。

以来、忠盛は木枯を「抜丸」に改名した、と『平家物語』には書かれています。


伊勢平氏には、この抜丸のほかに、小烏丸《こがらすまる》という伝来の太刀が伝えられていました。この小烏は、木枯と語尾一字違いなので後世、同一の太刀ではないかという疑問も生まれました。しかし、太刀の相伝《そうでん》（相続）という点から見れば、それはあり得ません。忠盛は小烏丸を嫡男の平太《へいた》清盛に、一方抜丸は彼の異母弟である五男の頼盛《よりもり》に譲ったことが、記録されているからです。


忠盛は、どうも庶子の頼盛を、嫡男清盛と同等に可愛いがっていた形跡があります。ちなみに忠盛が大蛇に襲われた「池殿」とは、頼盛の屋敷であり彼の通称でした。

忠盛が死んで三年経った、保元元年（一一五六）七月。崇徳《すとく》上皇と後白河天皇の争いに藤原氏の内紛がからみ、保元の乱が勃発します。

後白河側に付いた清盛はこの時、小烏丸を佩《は》いて出陣。頼盛も抜丸を佩いて彼に従いました。

この戦いはほとんどが夜合戦でした。上皇側の御所を守る源為朝《ためとも》に、天皇側の攻撃は一時阻止されます。鎮西八郎《ちんぜいはちろう》と呼ばれた為朝は、強弓の射手であるばかりか、その配下にある八町《はっちょう》次郎・開《あ》き間数《まかぞ》えの悪七兵衛《あくしちびょうえ》といった得体の知れぬ者どもを巧みに指揮して、清盛の軍を翻弄します。

そして乱戦となった時のこと。単身、馬で駆けまわる頼盛を良き敵と見た八町次郎が、彼の背後に忍び寄りました。頃合いと見て八町は、頼盛の兜に熊手《くまで》を掛けます。こうして鞍から引きずり落とし首を搔《か》くというのが徒歩《かち》武者の常套《じょうとう》手段でしたが、あっと叫んだ頼盛、手にした弓を捨てて腰をひねり、抜丸を引き抜くと、背後にひと振りします。

熊手の柄がきれいに断ち切られ、八町次郎は尻もちをつきました。

戦闘用の熊手は、折れた時の用心に、鎖を付けているのですが、抜丸はその鎖ごと易々と切断したといいます。

この時代の合戦は見物人も多く、次の日には都中に噂が広まりました。人々は、

「お見事なる三河守（頼盛）の御太刀筋」

と褒めそやします。天皇に勝利を報告して館に戻った清盛は、これを聞いてたいそう不機嫌になりました。

「小烏・抜丸の両刀は本来、平家総領たるわしが所持すべきものだ。あまつさえ、その木枯をもって、京童《きょうわらんべ》の人気を奪うとは」

清盛は世上の評判と違い、度量の広い人でした。しかし、事《こと》刀剣のことになると依怙地《いこじ》になる性格だったらしく、すぐに、

「抜丸を総領家に献ずべし」

と頼盛に命じます。しかし頼盛も、

「我らが父の御遺志じゃ。抜丸は死んでも渡さぬ」

意地を張りました。その後、頼盛は都の女官と浮き名を流しますが、女官の仕える先が日本最大の荘園領主八条院の女御《にょうご》であったため、清盛から様々の疑いを受けて、両者は不和になります。

また、頼盛の母池《いけ》の禅尼《ぜんに》が、清盛に願って助命した源頼朝が成長し、伊豆で挙兵すると、

「幼くとも敵の子を殺すのが武門の慣らい。しかるに、継母の憐れみに、つい心を動かしてしまったのが悔やまれる。池の一門は、全くわしに祟るわ」

晩年の清盛は周囲に洩らし、結果頼盛は増々一門から孤立します。

おかげで、治承四年（一一八〇）の福原遷都、寿永二年（一一八三）の平家都落ちにも彼は同行を許されず、都に留《とど》まります。

禍福は糾《あざな》える縄のごとし。平家を追った源氏の頭領頼朝は、幼い頃に自分を救ってくれた池の禅尼一族の、恩を忘れてはいませんでした。

鎌倉に下った頼盛は、そこで手あつい持て成しを受けます。

太刀抜丸は、この時頼朝に献上された、あるいは頼盛の子孫に代々伝えられた、とされます

が、その後の伝承は絶えてしまいます。

百六十年後、室町幕府が成立した頃に、足利家の刀櫃には確かに「木枯」という名の太刀があったと記録されていますが、これが同じものか、同名異体のものかは、わかっていません。

二、「蛇切」の銘を持つ刀

戦国時代の出世譚に必ずあげられるのが、秀吉の功名話と、斎藤道三《さいとうどうさん》の「国盗り」でしょう。秀吉の生き方は庶民に夢を与えましたが、一方道三は梟雄《きょうゆう》（残忍で悪賢い人）と呼ばれ、ごく近年まであまり人気がありませんでした。

油商人から美濃《みの》の守護土岐《とき》氏に取り入り、ついに一国を手中にするも、子に討たれる物語は、勇壮ですが僅かに陰湿です。

この項では、道三ではなく、彼にうまうまと国を乗っ取られた土岐氏について触れましょう。この家は源氏の名門です。足利将軍の下では侍所の所司にも任ぜられ、応仁の乱では西軍側有力武将のひとつにも数えられました。

天文二十一年（一五五二）、道三によって居城を追われた土岐当代の頼芸《よりよし》は、同国大野郡岐礼《きれ》（岐阜県揖斐郡谷汲村）に逃れ、守護の座奪回をはかりますが、いずれも失敗し、ついには世捨て人のようになって暮らします。頼芸は武将としての才には欠けていましたが、画の才能には秀でており、特に彼の描く鷹の絵は、「土岐の鷹」として、今も評価が高いものです。晩年は、その能力を生かして絵師となり、伝手を頼って上総《かずさ》（千葉県中央部）の万喜《まんぎ》城に住みましたが、眼をわずらって失明します。世を儚《はかな》んで僧となり宗芸《そうげい》と号しましたが、天正十年（一五八二）、八十一歳で没しました。

頼芸の所領を奪った道三よりも、二十六年長く生きたのです。

頼芸の子や孫たちは、彼が上総に下った後も、大野郡の岐礼村に住み、元御守護様の御血筋と村人にうやまわれて、つつましく暮らしました。

ところが、秀吉が天下の主となると、当主の左馬助頼次《よりつぐ》は大坂に呼び出されます。名族を身のまわりに侍《はべ》らせることの好きな秀吉が、頼次を御伽衆《おとぎしゅう》の一人に定めたのです。頼次は河内国古市《ふるいち》（大阪府羽曳野《はびきの》市）の内で五百石を宛てがわれ、ここに移りました。

天正二十年（文禄元年・一五九二）一月。秀吉は朝鮮出陣の動員令を全国に発します。四月。侵攻第一陣は釜山《プサン》に攻め入りますが、その頃、頼次は伴《とも》の槍持ち一人連れただけで、遠く離れた近江国甲賀《こうか》郡石部《いしべ》（滋賀県湖南市）のあたりを歩いていました。

この年は亡父頼芸の十周忌で、美濃大野郡に出向いたその帰り路と説明する資料もありますが、すでに秀吉も彼の御伽衆も九州肥前の名護屋《なごや》城（佐賀県唐津市）に入っています。

たとえ法要の沙汰といっても、武士が出陣を遅らせる言い訳にはなりません。これは、どうやら秀吉の密命を受けての旅だったようです。

頼次主従が石部の寺に宿をとってくつろいでいると、庫裏《くり》の外で人の立ち騒ぐ声が聞こえます。寺の僧と石部の村民たちが、槍や薙刀を手に集まっていました。

「盗賊でも出たのか」

頼次が尋ねると、蛇が出たといいます。

「なんだ、今の季節なら珍しくもない」

「いや、その蛇というのが」

並の大きさではない、と村人が説明します。

「胴の太さ二尺（約六十センチ）もありましょうか。一年前、旅の女巡礼が呑まれて以来、しばらくはその害も収まっておりましたが、またぞろ悪さをし始めて」

石部の北を流れる、野洲《やす》川の河原で遊んでいた子供が呑まれかかった、といいます。

「鈴鹿の峠や伊賀の山中なら、わからぬでもないが、あと少し歩けば近江の海（琵琶湖）だ。さして山奥でもないところにそんな大蛇が」

「出るものは仕方ない。御武家も御用心なされ」

と言うと皆、山狩に出かけました。

「片や異国征伐騒ぎ、片や大蛇騒ぎか。世の中はいろいろさわがしいのう」

頼次は、その晩は早々に寝てしまいました。未明、起きて寺に礼を言い、草津に向かって出発します。

「途中、まわり道して、御上《みかみ》（三上）の社に参詣いたそう」

「大丈夫でございますか。このあたり剣呑《けんのん》でございますぞ」

伴の槍持ちは、大蛇の噂におっかなびっくりで往還を歩みました。

野洲川の河原が見えるあたりで、日が昇り、急に暑くなってきます。さして歩いてもいないのに、二人は木陰を求めて休息しました。

頼次が河原の石に腰かけて川面を眺めていると、

「わわっ」

と伴の者が悲鳴をあげます。振り返ると頼次の斜め後ろに、いつの間にか太い棒のようなものが立っています。

はて、先ほどはこんなものは無かったが、と目を凝らすと、棒の上にある丸いものがゆらゆら揺れています。

それは蛇の頭でした。巨大な蛇が鎌首を真っ直ぐにもたげて、頼次主従を狙っていたのです。

「槍、槍で叩け」

蛇を刺激しないように、頼次は小声で命じます。しかし、伴の者はいち早く逃げ去っていました。しかも、頼みの槍を抱えたままで……。

(仕方ない。太刀で戦うか)

が、これとて、あまりにも間合いが詰まり過ぎて、引き抜く間に、蛇に食いつかれそうでした。

蛇との間は、半間《はんげん》(約九十センチ)。しゅうしゅうという喉を鳴らす音も聞こえてきます。長さ三尺(約九十センチ)ほどの蛇は、半尺(約十五センチ)ほど首をもたげます。

(すると、この蛇は二丈半〈約七メートル五十センチ〉もあるのだな)

座っている自分の身長から、鎌首の長さを計り、頼次は静かに脇差へ手をかけます。蛇が彼の手に食いつこうと首を振った刹那、頼次は鞘走らせて、首の下三寸(約九センチ)ばかりのところを斬り落とします。首を失った蛇の胴は、河原一面をのたうちまわりますが、すぐに動かなくなりました。

これをそのまま打ち捨てていくわけにもいかず、また、逃げた伴の者も探さねばなりません。嘆息をついた頼次は、人の頭ほどもある蛇の首を拾って手拭いに包み、石部の宿に戻りました。

彼の武勇は、近隣で評判となりましたが、その噂はすぐに立ち消えとなります。朝鮮に出陣した兵士たちの苦戦が伝えられ、近江一帯の豊臣家蔵入地《くらいりち》（直轄地）に、戦費調達の重い税がかけられたからです。

頼次は、肥前名護屋に入ると、すぐに研師を呼んで、刃渡り一尺五寸（約四十五センチ）の脇差を二寸（約六センチ）磨上げさせました。

これは蛇との間合い詰めの経験から、より抜き易く考えた結果です。また、刀身の樋《ひ》（構）を彫り足し、茎《なかご》には次のように銘をつけました。

兼元刀　天正二十年上之
頼次　江州於石部　蛇切

兼元《かねもと》とは、室町後期に頼次の地元美濃国武儀《むぎ》郡関《せき》（岐阜県関市）で活躍した名工です。特にこの派の二代目は孫六《まごろく》兼元と呼ばれ、江戸時代には古刀（慶長年間以前の作刀）最上作、大業者の部にも選ばれています。

これほどの名刀を普段差しにし、しかも磨上げ後にはっきり「蛇切」と彫り込んだのは後にも先にも頼次だけでした。

父頼芸は戦国史の中で、武将としての資質に欠ける男、との評価を受けていますが、息子頼次は、名家の末の名に恥じぬ人物であったようです。

このことを陰で密かに評価していた人物がいました。それが徳川家康です。

関ヶ原の役で東軍側に付いた頼次は戦後、家康から土岐家の嫡流、源三位頼政《よりまさ》の正統な子孫と認められました。

西軍の斎村政広《さいむらまさひろ》から没収した名刀獅子王を彼に与え、さらに子の頼勝《よりかつ》へ一千石を宛てがって高家に組み入れます。

これは幕府の儀礼や朝廷への使節を担う重要な役職です。

「蛇切」は、実際に怪物を斬ったことを証明する銘入りの刀として、土岐家に長く伝わりました。

三、大蜘蛛を斬る「膝丸」

源氏重代の太刀「髭切」（第一章参照）には、兄弟刀ともいうべきものがありました。それが「膝丸《ひざまる》」です。

「膝丸」を初めて手にしたのは多田源氏の祖、満仲《みつなか》。太刀の刃渡りは、二尺七寸（約八十二センチ）と記録されています。

また『平家物語』剣の巻によれば、九州筑前国（福岡県）にいた異国の刀工に満仲が鍛えさせた、とあります。

その製作日数は六十日。出来上がった二腰の試しをするため、罪人二人を引き出して斬ったところ、一腰目の太刀は首とともに髭まで斬り、二腰目の太刀は座った罪人の首を落とし、勢い余って膝も斬り落としました。

そこで前者を「髭切」、後者を「膝丸」と名付けたということです。

二腰の太刀は満仲の息子頼光が譲り受けますが、髭切が鬼を退治したように、膝丸にも妖怪切りの伝承が付いています。室町時代後期に成立した能の『土蜘蛛《つちぐも》』にも、この膝丸の活躍は描かれています。

ある時頼光は、病に倒れます。瘧《おこり》・わらわ病《やみ》という、今で言えばマラリア性の熱病でした。これが、ひと月あまり経っても、一向に回復する兆《きざ》しがありません。

寝たり起きたりを繰り返しているうち、ある夜、寝所近くに、身の丈七尺（約二メートル十センチ）の巨大な法師が現れます。

「何者か」

病に衰弱していても、そこは鬼退治の頼光です。

はったと怪法師を睨みつけると、そ奴は両袖を大きく広げて、

「汝《なんじ》をくびり殺してくれん」

と不気味な声で言います。

「何の理由《わけ》あって我を殺さんとするか」

頼光が再び問うと、その怪法師は（これが実に素直なことに）詳しく説明します。

「自分《これ》は元、都より未申《ひつじさる》（裏鬼門）の方《かた》、和泉紀伊《いずみきい》（大阪府と和歌山県の境）の葛城山《かつらぎさん》に長く住まいした者じゃ。汝らが拝する帝《みかど》の世を覆《くつが》えさんと、かねてより企みしが、その武力の元たる源氏をまずは滅ぼすにしかずとて、汝を病にかけたのじゃ」

「なんと、この瘧もおのれの仕業か」

「左様さ」

怪法師は、太い縄を取り出して、頼光の首に掛けようとします。

頼光は、枕元の太刀「膝丸」を取り、渾身《こんしん》の力を込めて抜き放つと、きえっと掛け声あげて斬りつけました。

びしりと掌《て》の内に手応えあって、怪法師はのけぞります。そのまま身をひるがえすと、屋敷の外へ走り去りました。

「無念。取り逃したか」

頼光が、がくりと膝をつくところへ、源氏の武者たちが駆けつけます。

「頭領、いかがなされた」

「これよ」

頼光は足元に跡をひく、血潮を指差します。

「手疵は与えたが、病み上がりの身。息の根を止められなんだ。しかし……」

と頼光は曲者の正体について語ります。

「そ奴は、元は葛城山の住人と申しておった。あのあたりで帝に恨みを抱く者といえば、土蜘蛛に相違ない」

土蜘蛛は太古の昔から葛城の山中に暮らしていた少数民族の蔑称《べっしょう》です。彼らは家を建てる術《すべ》を知らず、崖に横穴を掘り、川で漁労《すなどり》しつつ暮らしていました。初めは入植して来た帝の臣下とも仲良くしていたのですが、生活習慣の違いから次第に折り合いが悪くなり、やがてまつろわぬ者（天皇家の敵）として振舞うようになった、といいます。

「皇祖《こうそ》の頃より第六十六代今上帝《きんじょうてい》（現天皇）の御世《みよ》まで、長く叛《はん》してきた者どもだ。妖怪と化す術も心得ている。汝《なんじ》ら早々に討ち取って参れ」

頼光に命じられた四天王の面々。血潮の乾かぬうちと、急ぎ出発します。

松明をかざして跡を伝っていけば、都大路を抜けて、北野（京都市上京区）のあたりまで続いていました。

森の中を見ると、巨大な塚のようなものがあり、穴が開いています。

「血はこの中まで続いているぞ」

四天王の面々は、木の枝や手で穴を掘り広げます。

すると、がらがらと塚が崩れて、中から巨大な蜘蛛が出現しました。

「方々《かたがた》、ぬかるな」

四天王の面々は立ち向かいますが、意外や蜘蛛の動きは緩慢《かんまん》で、ただ糸を吐き続けるばかりです。

太刀筋を揃えて一斉に突きかかり、ついに息の根を止めてその胴を見れば、真一文字に深い刀痕《とうこん》が残っています。

「これが頭領の斬りつけた痕だな」

「やはり膝丸はすごい」

武者たちは、大蜘蛛よりも、それを斬った太刀の切れ味に舌を巻きました。

以来、膝丸の異名は「蜘蛛切」と定まります。

「蜘蛛切」は「鬼切（髭切）」とともに、長く源氏に伝わります。頼光の三男頼基から頼光の甥、頼義のもとに渡り、その嫡男義家、その孫の為義に渡るまで一緒でした。

どうやら二つの太刀はライバルの関係にあったようです。ある日、鬼切が獅子のように吼《ほ》えて「獅子の子」という異称を得ると、蜘蛛切も負けずと夜になれば、蛇のように鳴き、「吼《ほえ》丸《まる》」と名付けられました。

蛇が鳴くか、と言う人もいるでしょうが、昔は夜に口笛を吹けば蛇が寄る、と嫌われました。弥生時代の土笛《つちぶえ》に蛇の紋様を彫ったものもあり、どうやら日本では、こうした爬虫類《はちゅうるい》は笛のような声を出す、と信じられていたようです。

熊野の伝説には、為義が熊野三山の別当職教真を娘の婿とした時、吼丸を婿引出《むこひきで》に与えたとあります（獅子の子を与えたという別説も存在します）。

教真の子孫、二十一代別当湛増《たんぞう》は治承四年（一一八〇）九月、平氏に付く弟の湛覚《たんかく》を攻め、平氏本貫《ほんがん》の地、伊勢・志摩両国に乱入するなど反平氏色を強めていましたが、元暦元年（一一八四）義経の軍勢が都に入ると、誼《よし》みを通じ、熊野水軍同盟の証として吼丸を義経に献上しました。この時、

「吼丸という名は、あまりよろしからず。蛇の声とは、縁起も悪《あ》しゅう候」

と言ったのは、弁慶《べんけい》か常陸坊海尊《ひたちぼうかいそん》あたりの、学がある法師武者でしょう。

「では何と改名いたそうか」

義経が屋敷の外を見ると、折しも早春。木々は芽吹いたばかりで、山は萌黄《もえぎ》色に霞んでいま

す。古来、黄色がかった緑は成長の色と信じられ、鎧でも萌黄縅《おどし》は、若武者が初陣の時に着用するものでした。

「よし、これよりは太刀を『薄緑《うすみどり》』と名付ける」

義経は宣言します。彼の部下たちは、めでたや、と扇を広げました。

薄緑は、直後に起きた一ノ谷・屋島の戦い、翌年三月の壇ノ浦にも義経の腰にありました。彼が兄頼朝と袂《たもと》を分かつきっかけとなった元暦二年（一一八五）鎌倉腰越《こしごえ》の一件から、奥州への逃亡。文治五年（一一八九）閏《うるう》四月の衣川《ころもがわ》自害まで、この薄緑は片ときも義経の元を離れなかった、と『奥六郡《おくろくぐん》刀剣覚《おぼえ》』には出ています。

ところが鎌倉幕府の公式史料である『吾妻鏡』文治元年（一一八五）十月十九日の項には、壇ノ浦に沈んだ皇室の神剣を悔やみ続ける後白河院の心を慮《おもんぱか》り、頼朝が「吼丸」「鵜丸《うまる》」の二剣を献上したことが記されています。

これを多くの研究家は、頼朝が流人時代から、先祖伝来の太刀を保持していたからだ、と書きますが、さて、それはどうでしょうか。

元々義経は、身ひとつで成り上がっただけに、伝来の品に対する執着が薄い人でした。

頼朝の軍勢に追われて雪の吉野に逃亡した際も、平家追討に用いた名誉の鎧を影武者に平然と与え、幾つかの名刀を必勝祈願のために軽々と奉納しているのです。この薄緑にしても、

『箱根山縁起』建久二年（一一九一）七月の記録に、
「源義経、西征《せいせい》（平家追討）の日、利剣《りけん》を玉扉《ぎょくひ》（神殿内陣）に納め奉《たてまつ》る。薄緑と名付く」
とあり、同名の太刀――おそらく同名異刀でしょう――を箱根権現に奉納しています。

推察するに、義経が兄頼朝に二心ないことを鎌倉腰越で訴えた時、その異心のないことを表すため、佩用の薄緑を捧げたのでしょう。しかし頼朝は、そのような太刀に心を動かされず、右から左ですぐに後白河院へ献上してしまった、と考えるのが筋かと思います。

なお、箱根権現にあった同名の太刀はその後、日本三大仇討ちのひとつ、曽我《そが》兄弟の弟五郎《ごろう》が、富士で大殺陣《おおたちまわり》を演じた際の得物と伝えられます。これにも実は長い伝来の物語が付きますが、さほどの怪異譚でもないために、今回は省きます。

四、夢の大蛇を斬った「国宗」

佐竹《さたけ》氏は、その祖先が源義家《よしいえ》の弟新羅三郎義光《しんらさぶろうよしみつ》という名門です。常陸国（茨城県）に長く勢力を張り、十五世紀に一時衰えますが、十六代義篤《よしあつ》の代に常陸七郡と奥州南部を占領して、急速に勢力を拡大しました。

孫の十八代義重《よししげ》の頃になると、その版図《はんと》は北の磐城白河《いわきしらかわ》（福島県白河市）から常陸全土に及び、ここに関東統一を目論む小田原北条氏との、本格的な抗争が始まります。

義重は「常在戦場《じょうざいせんじょう》」を心掛け、日頃の寝所は板敷きの間で、冬も夜着一枚。枕は丸木の棒であったと伝えられます。

こうしたストイックな生き方を、越後の上杉謙信は賞賛しました。

関東管領として、北条氏と戦い続ける謙信は、共通の敵を持つ義重と同盟を結びます。

永禄七年（一五六四）から翌年にかけて、越後勢は関東各所に転戦しますが、佐竹軍は謙信を支援するために出陣します。謙信はこれを喜び、日頃愛用の備前三郎国宗《くにむね》の太刀を贈りました。佐竹家の記録には、

「上杉謙信公より、知足院《ちそくいん》様（義重）に遣《つか》わされ候。老後の杖《つえ》と存じ候得《そうらえ》ども遣わし候と。差添《さしそ》え長《ながさ》三尺壱寸之有《これあり》候」

謙信が老後の杖代わりにしようと考えていた太刀だ、と書かれています。刃渡りだけで三尺一寸（約九十四センチ）というのは、堂々たる大太刀で、いかにも馬上から斬り込む謙信好みのサイズでした。

謙信は、よほどこの時、気分が良かったのでしょう。

「これは、わしが高野山に参詣の折……」

と、大太刀の由来を語ります。

「三好三人衆の手の者ら、我を害さんと襲いかかって参ったが、この太刀の前に一瞬で逃げ散ったわ。我らの武勇を御継ぎ下さるのは、お手前以外には無いと存じ、特に進上いたすのだ」

まだ二十歳に成るや成らずの若い義重は、この言葉に感激しました。

現在、謙信の子孫の家には、もう一腰の銘国宗が伝えられています。これも高野山参詣の伝承があり、拵《こしらえ》は自然木に似せた茶塗りの仕込杖型になっています。謙信は天文二十二年（一五五三）、永禄二年（一五五九）の二度上洛を果たしていますが、高野山で真言《しんごん》の教義を授けたのは第一回の時ですから、彼を襲ったのも三人衆ではなく、三好長慶《ながよし》の意を受けた殺し屋と考えられます。

謙信上洛の直前、長慶は若き将軍義輝を近江に逐《お》っており、謙信の怒りを非常に恐れていました（実際には天皇に拝謁するだけで、謙信はおとなしく帰国しています）。

「武勇の大太刀」備前国宗は、その後、佐竹家で一度だけ、奇譚を表します。

義重が常陸の太田城（舞鶴城）に暮らしていた、ある夏のこと。

熱帯夜の寝苦しさに義重は、枕代わりの丸太と愛刀国宗を抱え、城の櫓《やぐら》に上りました。

「櫓の上は風も通る。蚊も上って来ぬでのう」

護衛の若侍二人を階下に置いて、義重はすぐに眠りにつきました。

ところが、深夜。櫓の上から大きな音とうめき声が聞こえてきます。

「何事」

「お屋形の身に何か」

二人の若侍は紙燭《しそく》（松の枝に紙を巻いた灯）を手に櫓へ上りました。

しかし、義重は何事もなく眠っています。

「お屋形、御無事で」

義重は起き上がって、しばし首をひねり、

「ああ、夢を見てうなされたのだろう」

恥ずかしそうに胸元を掻きむしりました。

「真正《しんしょう》（現実）に思える夢であったぞ。櫓の柱を伝って、胴の太さふた抱えほどもある大蛇が上ってきおった。わしを呑み込もうと大口を開けてな。その息の生臭ささ、牙の鋭さなど、思い出しても身の毛がよだつ。その時……」

義重は、部屋の隅を顎先で差し示しました。

「……備前国宗の鞘を払って、掛け声もろとも、大蛇に一太刀……というような夢でのう」

「しかし、お屋形」

若侍の一人が、恐る恐る指差しました。

そこにあった備前国宗は、本当に鞘から出て、抜き身のまま転がっているのです。

これには義重も開いた口がふさがりません。寸《すん》の詰まった刀なら、寝呆けて抜くこともあるでしょう。しかし、三尺を超える刃身を朦朧《もうろう》とした頭で、しかも狭い櫓の中で引き抜くのは、まず無理な話です。

「お屋形様の悪夢を、御佩刀《はいとう》がお斬りなされたのでしょうか」

「そうとしか考えられぬのう」

義重はうなずき、以来同家では、備前国宗改め「夢切」と呼ぶようになったということです。


戦国時代も終わると、義重は子の義宣《よしのり》に家督を譲り、その証として夢切国宗を渡します。

ところが、この義宣はひどく、変わり者でした。

父に似ず異様なまでに用心深い性格です。常日頃から人前に出る時は、常に合戦に用いる鉄の面頬《めんぽう》を付け、一部の家臣しかその顔を知らぬという有様。

(こんなことで、佐竹の家が続くのか)

と義重は思いますが、義宣は父と違う路線を歩みます。彼は石田三成と懇意の関係にあり、関ヶ原の戦いでは、上方で蜂起した石田方に呼応して徳川の本拠江戸を攻める、という密約さえ交わしていました。これは父義重も渋々承認もしていましたが、結局は実現しません。戦後、佐竹家は実質七十万石といわれた常陸から、二十万石ほどの出羽久保田（秋田県）へ減封《げんぽう》となりました。

義宣の用心深さは増々ひどくなり、寝所に紙帳《しちょう》（蚊帳《かや》）を張って迷路のように造り、部屋の掛け金を外す時は、手にした薙刀の刃を用いるという異常さでした。

その刀の持ち様にも護身用という思いが強く、

「腰の物は、一呼吸で抜刀できるものが良い。戦場でしか使えぬ長太刀《ながだち》は、曲者に斬りかかられた時、遅れをとる」

父から譲られた大事な夢切国宗を、思い切り良く約一尺（三十・三センチ）も磨上げてしまったのです。時代は太刀拵から、帯に差す打刀の全盛時代に移っています。この頃の武士には文化財や美術品という考え方は、当然ありません。刀は使うものであり、使って研げば必ず減っていく一種の消耗品という考えでした。

が、国宗は謙信ゆかりの品、父愛蔵の太刀です。少々やり過ぎたか、と義宣も僅かに反省します。

「大殿の目に触れぬよう、奥に収めておけ」

と刀扱いの者に命じます。

間の悪いことに、ちょうどその頃、父義重は久保田城内の隠居所で、老臣らと語り合っていました。

「このわしも、若い頃は不識院《ふしきいん》（謙信）に、我が武勇を継ぐと言われた漢《おとこ》よ」

「左様でございましたなあ。贈られた御太刀で、悪夢までお切りなされた」

老臣も応じます。義重はちびちびと酒を舐《な》めつつ、目を細め、

「そうさ、のう。乱世の武将幾《いく》たりかあれど、夢で大蛇を斬った者など、わししかおらぬ」

ふと顔をあげました。

「そういえば、その夢切を近頃は見ておらぬわい」

翌日、義重はふらりと本丸に上がりました。

「久しぶりに、思《おも》い人《びと》に逢《あ》いとうなったぞ」

夢切国宗を、まるで昔の恋人のように言う父を見て、

（しまった）

と義宣は思いました。あれこれ理由をつけて言葉をにごす息子に、何かあったなと義重は感じます。

「さては、太刀をいじくりおったな」

「は……はい」

「佐竹家の当主は汝よ。何をしようと怒るまい。見せよ」

仕方なく義宣は刀の係に命じて、奥から国宗を運ばせました。

「これは……また」

短くしおったのう、と義重は目をしばしばさせます。鞘を払い、その長さを改めて確かめ、

「汝の腕の長さに合わせたか」

「はっ、二尺三寸三厘《りん》（約六十九・八センチ）に」

義宣は小声で答えます。

義重は、静かに刃身を鞘に収めると、ぽつりと一言。

「茎《なかご》とともに、わしの夢も切れてしもうたのう」

悲しそうに帰っていったということです。

打刀と化した夢切は、長く佐竹家にありましたが、現在では個人蔵となり、今もさる個人博物館に保存されています。

五、鵺と「獅子王」

源頼政は、遅咲きの桜という言葉そのままの人生を歩んだ人です。

摂津源氏頼光から数えて五代目。仲政《なかまさ》の子に生まれて、早くから朝廷に仕えますが、従五位下蔵人《くらんど》となったのが、三十二歳の年。保元・平治の乱に参加するも、さしたる武功は無く、治承四年（一一八〇）平氏打倒の兵を挙げた時、何と七十七という高齢でした。

彼が宮廷の貴人たちに注目されたのは、歌人としての技量です。自らの歌六百三十四首のうち、五十八首が勅撰集（天皇の勅命で選ばれた詩歌）に採用され、歌人藤原俊成《しゅんぜい》にも「歌詠みの名手」、と賞賛されていました。

こう書くと、いかにも弱々しい宮廷の武官を連想しますが、頼政は武芸の面でも優れていたことが知られています。それは、『平家物語』巻の四にある物語。

近衛《このえ》天皇の御世と言いますから、頼政が四十から五十代にかけての頃でしょう。まだ幼い天皇が、夜な夜な怯《おび》えて気絶するという事件がありました。それは深夜、御所の上空に現れる黒雲と、そこから発せられる瘴気《しょうき》（悪い気）が原因でした。多くの加持祈禱が行なわれますが、瘴気は去りません。

「これは武をもって払うしかない」

朝廷では意見が一致します。指名されたのは、頼政でした。理由は、あの鬼退治をした頼光の子孫だから、というのです。

「雲を摑むような、とはまさにこのこと。もし魔が払えぬ時は、我が武門も廃《すた》れよう」

頼政は、信頼する郎党猪早太《いのはやた》という者一人を連れて御所に参上しました。

この時、彼が持参した武具は弓でした。宋《そう》の国から渡来した「水破《すいは》」と名付けられた半弓《はんきゅう》です。

日本の弓は、御所で用いるにはあまりにも物々しく、思わぬところに流れ矢が飛んで被害の出る恐れがありました。

頼政主従が待つうち、丑《うし》の刻《こく》（午前二時頃）、東三条のあたりから黒雲が湧き起こり、御所の屋根いっぱいに広がります。と、同時に、天皇の御寝所近くで、医師や加持僧の走りまわる気配です。

（帝が、脅えていらっしゃる）

頼政が黒雲の隙間を見上げると、何やら足や尾のようなものが見え隠れしています。

あれだな、と思った頼政は、気負うことなく矢を放ちました。

すると、手応えがあり、寝殿の屋根に何かが降ってきます。

「早太、行け」

早太は腰刀を抜くと、屋根から泉水に転がり落ちた黒い影を押さえつけ、何度も刺します。

「早よう、灯を」

御所の衛士《えじ》たちが、松明を掲げて走り寄りました。早太が身をのけると、そこには奇怪な動物の死骸。

頭が猿で胴は狸、足は虎、尾が蛇という怪物です。

「これこそ、鵺《ぬえ》というものだ」

こんな怪物が毎夜来ていたのか、と人々は震えあがり、そして頼政主従の力に感動します。

以後、天皇も寝所で安眠を保ち、喜んだ朝廷では彼に褒美の太刀を与えました。

太刀授与の当夜は、時鳥《ほととぎす》が盛んに鳴いています。大臣藤原頼長《よりなが》が太刀を頼政に勧めながら、

ほととぎす名をも雲井《くもい》にあぐるかな
(時鳥が雲間に声を響かせるように、武名をあげたものよ)

と詠《うた》うと、頼政は右の膝を付き、左の袖を広げて、傍らの月をちらりと眺めて、

弓張月《ゆみはりづき》のいるにまかせて
(弓を引いたら、何とか当たったようです)

謙遜《けんそん》した下の句を付けました。この返答も朝廷の貴族たちを喜ばせたようです。

賜った太刀は黒漆塗《こくしつぬり》の拵《こしらえ》。鞘に獅子の飾りが付いていたので「獅子王」と呼び慣らわされていました。

皇室に長く伝わる宝刀ですが、無銘で誰の作かわかりません。

こうした武名を轟かせながら頼政は、肝心の合戦には名もあげられず、内裏《だいり》の内昇殿《ないしょうでん》を許されたのは六十三の歳でした。

気がつくと他の源氏は廃れ、まわりで権勢を誇っているのは、平清盛を中心とする平氏ばかりです。

ようやく従四位《じゅしい》の位に上って、十年以上もそのまま放置され、口の悪い人々から「廃れ源氏」などと陰口もたたかれます。七十四となり病がちになった頼政は、獅子王を眺めて己の哀れさを思い、この時一首読みました。

のぼるべきたよりなき身は木の下に
しいをひろいて世をわたるかな

木に登る（出世する）手づるもないため、私は椎《しい》（四位）の実を拾って暮らしています、という我が身の不運を嘆く歌です。平氏の頭領清盛は、人伝にこの歌を聞き、保元・平治の乱でもひたすら自分に付いてくれた頼政のことを思い出します。

「老いの身で椎の実を拾うとは可哀相だ」

同情した清盛の推挙で従三位《じゅさんみ》に叙《じょ》されます。三位の地位にまで上った源氏は頼政が初めてであったため、以後人は彼を「源三位《げんさんみ》」と呼ぶようになりました。

この二年後。源三位頼政は、突如平氏に叛旗をひるがえします。理由は清盛が後白河院を幽閉したこと、彼の嫡男仲綱《なかつな》が平氏に辱めを受けたことなど、いろいろ取りざたされていますが、今も正確な動機は不明です。

頼政は自分同様、平氏政権下で不遇をかこつ後白河院の第二皇子以仁王《もちひとおう》に働きかけ、平氏追討の令旨《りょうじ》を得ました。

しかしその計画は、蜂起の直前に清盛の知るところとなります。頼政と以仁王は南都（奈良県）の僧兵を頼って遁《のが》れる途中、宇治《うじ》の平等院《びょうどういん》に立て籠もって戦い、そして敗れます。

頼政は、鳳凰堂《ほうおうどう》に近い扇の芝に座って一人の従者を呼び、

「わしは唐国《からくに》で申す喜寿《きじゅ》（七十七歳）。最後の最後で、源氏武者の意地を見せることができて満足だ。しかし、ひとつ気がかりがある」

獅子王の太刀を取って拝礼し、
「帝《みかど》から賜ったこの太刀ばかりは、平氏の手に渡したくない。汝《なんじ》が保持して逃げよ」
従者に手渡すと、老人と思えぬ見事さで腹を切りました。これが『平家物語』にある頼政の最後です。

その後、獅子王の太刀は長く行方不明となりますが、戦国時代、頼政の子孫を称する斎村政広の所持となります。

慶長五年（一六〇〇）、関ヶ原の役で斎村氏は西軍石田方に付き、没落。獅子王は徳川家の手に渡ります。しかし、それもつかの間。太刀は清和源氏の名門で、かつての美濃守護職土岐家の血をひく土岐頼次《よりつぐ》に与えられました。

家康がこの太刀を、なぜ手放したか、少々謎ですが、以後獅子王の太刀は土岐家に代々伝わり、無事維新を迎えて明治天皇に献上。現在は東京国立博物館に所蔵されています。

なお、土岐頼次には、獅子王のほかにも幾つか刀剣に関する不思議な話が残されていますが、そのひとつが先出の「蛇切」です。

六、鵺を刺し大蜘蛛を斬る

源頼政が「鵺《ぬえ》」を射落とした時、これに走り寄って止《とど》めを刺した猪早太。

この郎党も頼政の配下だけに、自分の腰刀には日頃、利刀を用いていました。

主人頼政が「獅子王」を賜って面目をほどこした後、早太にも何がしかの御褒美が与えられて、都の評判男子《おのこ》となります。

「その鵺を刺したという腰刀を見せてくれ」

という者が引きもきらず。気の良い早太は請《こ》われるままに見せていましたが、ある日、何者かに盗まれてしまいます。

「それ見たことか。腰刀というものは、男の急所と一緒だ。ここぞという時以外は、あまり被露するものではない」

訳知りの者が意見します。すっかり悄気《しょげ》かえった早太は、毎日ぼんやりと過ごしていましたが、ある時、妙な噂を耳にします。

「都と大和国を行き来する商人《あきんど》が、木幡《こはた》のあたりに入った時……」

宿を貸す家も無く、商人はある破《や》れ寺を見つけて泊まったといいます。

深夜、ふと目が覚めると、頭のあたりが妙にむず痒《がゆ》い。見れば、髷が烏帽子ごと上に吊りあがっていく気配です。これはどうしたこと、と触れてみるとモヤモヤとした手ざわりです。それは絹の糸のようでしたが、妙にネバネバとしていました。

危険を感じた商人は、がばと跳ね起きて梁《はり》のあたりを見上げます。と、そこには手足が六尺（約一メートル八十センチ）ほど、胴が毬《まり》のようなものが動いています。

「わっ」

と叫び、護身用の腰刀を抜いて振りまわしました。すると刃が烏帽子に巻きついた糸を斬り、自分に迫ってくる細長の腕を断ちます。バッタのようなキチキチという声をあげて、怪物は屋根を破り、逃げていき……。

「明るくなって、商人がそのあたりを見てみると、銀色の爪が付いた筒のようなものが落ちていた。大きな蜘蛛の足だったげな。宇治のあたりでは、今、鵺切にも増した評判じゃ」

「ふうん」

早太が関心を抱いたのは、大蜘蛛退治もさることながら、それを斬った腰刀です。

（心得の無い商人が、スパリと怪物の脚を断つとは、これはもしかして）

すぐに早太は宇治のあたりに走ります。途中、顔見知りの者を見つけて件《くだん》の噂を尋ねてみると、

「その商人なら、市《いち》におる。蜘蛛斬りの腰刀を見せて客を集めておるわ」

「どんな刀か、見たか」

「見たともよ。身（刃渡り）は一尺（約三十センチ）を超えまい。拵《こしらえ》は、海老《えび》刻み、呑み口の作りじゃ」

この時代の腰刀は、鞘の口が柄の口を覆う、いわゆる呑み口式です。海老刻みとは、鞘全体に滑り止めを彫り、見た目が海老の胴に似ている拵です。

(間違いない。おれの腰刀だ)

早太は市に向かいます。噂の商人を探すと、すぐに見つかりました。

そ奴は、路上に莚《むしろ》を敷き、塗り物を並べて盛んに客を引いています。

「我こそは蜘蛛斬りの商人じゃ。物良し（縁起良い）の商人から、買い召せ、買い召せ」

鞘ごと腰刀を頭上に振りまわしているのを確かめて、早太は走り寄り、まずガツンと頬げたを張りつけます。

「何をする」

「おれは京八条、源氏屋敷に仕える猪早太だ。よくもおれの鵜切を盗りおったな」

商人は驚いて、手にした腰刀の鞘を払おうとします。しかし、なぜか抜けません。早太は鵜を取り押さえたほどの豪の者。たちまち商人を押し倒して、腰刀を取り戻しました。

「誰かこ奴を市司《いちつかさ》（市場管理）のもとに引き立てろ。盗っ人だぞ」

さらに二、三発叩いて気絶させると、早太は悠々と引き上げていきました。


早太はその後も、頼政の忠実な郎党でした。平家全盛の世となり、昇殿を許された頼政も高齢で叙位の祝いさえ満足に開けぬほどの衰えぶりでしたが、早太は一人都で気を吐きます。平氏に対する悪口《あっこう》を取り締まる少年自警団「赤禿《あかかむろ》」も、彼が大路《おおじ》をやって来ると、

「鵺斬りが来たぞ」

と喧嘩沙汰になるのを嫌って、皆横道に逃げ込むという有様。

そんな早太ですから、頼政が平氏打倒の兵をあげると聞くと、喜んでこれに従いました。

しかし、三井寺（園城寺）に籠もって平氏の軍と戦う計画が裏切りによって露見します。南都興福寺の僧兵を頼って逃げる途中、宇治で平知盛《とももり》の軍に追いつかれ、頼政主従は進退極まりました。

頼政は左膝を射抜かれ、助けようとした次男兼綱《かねつな》は討ち死に。平等院の庭を死に場所と定めた頼政は猪早太を呼びます。

腹をくつろげた頼政は、傍らに寄った早太を見て、言いました。

「汝《われ》も老いたのう」

「何を申される、三位様《さんみ》（頼政）は御年《おんとし》七十七。それがし、二十は年下でござる」

「そうか。二人して鵺を討った時、我は四十代、汝は二十行くか行かぬかという若武者であったな。互いに良き思い出じゃ。ところで、あの『鵺切』を見たい」

「こちらに」

早太は鎧の繰締《くりじめ》に差していた鵺切を外しました。

その間、頼政は歌人らしく箙《えびら》から矢立てと紙を取り出して、辞世の歌を書きつけます。

埋もれ木の花咲くこともなかりしに
身のなる果てぞ衰れなりける

我が身を地中に埋もれた木になぞらえ、不運を嘆く歌でした。その紙を頼政は早太の胸に押し込めると、鵺切を抜いてしみじみ刀身を眺め、

「鵺を刺したる刃を我が腹に刺すことになろうとは」

腹に突き立てます。後ろにまわった、これも頼政の忠臣渡辺長七唱《ちょうしちとなう》が素早く首を落としました。

源氏武者は、諸事手慣れたものです。唱が首に石をつけて宇治川へ投げ入れた時、すでに早

太は放れ駒を拾い、頼政の胴と佩用の太刀「獅子王」を乗せて、平等院を落ちのびて行きます。

現在、丹波亀岡（京都府亀岡市）に、頼政の墓と早太の伝説が残るのは、彼の逃げ足の早さを物語っています。また、日本のマチュピチュと称されて近年人気の兵庫県朝来市《あさご》、但馬竹田《たじまたけだ》城の斎村氏が獅子王太刀を所持していたというのも、このあたりに太刀が伝わっていた証拠になります（本章二項参照）。

一方、早太の「鵺切」の腰刀も、伝説とともに長く残りました。

南北朝の頃に書かれた『喜阿銘尽《きあめいづくし》』という刀銘の研究書によれば鵺切は、京の刀工粟田口国吉の作で、別名「骨喰《ほねばみ》国吉」とあり、父国吉の作刀に息子の吉光が銘を切った、と書かれています。

江戸初期には、水戸徳川家の家老太田丹波守《おおたたんばのかみ》の所持となり、骨喰の名で伝えられましたが、その後の行方は不明です。

また「鵺刺し（鵺切）」の名で、幕末江戸の旗本高田家に伝わった短刀は無銘でしたが、これも行方不明。どちらが本物かわかりませんが、ふたつとも明治前には早くも盗難にあっていた、ということです。

猪早太の時代から、どうもこの腰刀は、盗みにあう運命を背負っていたようです。早太がこれを聞けば、一体何と思ったことでしょう。

七、猫又斬り

奥州信夫郡《しのぶごうり》は、古く岩背《いわせ》国に属し、後に陸奥《むつ》国の一部となりました。

現在の福島県南部です。源義経の身代わりとなって戦った佐藤継信《つぐのぶ》・忠信《ただのぶ》兄弟は、この地の出身者とされています。

時代不祥（おそらく江戸初期、慶長年間のことでしょう）、この土地に伊藤源六《いとうげんろく》という若者がいました。

学問に優れ、心のやさしい人でしたから、あちこちの家から娘を嫁に、と話がありましたが、同国の名家（前述、佐藤兄弟の子孫の家かもしれません）と縁がつながり、やがて夫婦となりました。

器量良く、心だても夫に負けずやさしい嫁でしたから、夫婦仲もうまくいっていましたが、ただひとつ親たちが気にしたのは、彼女が病弱だったことです。

それがある年、軽い風邪をひいたのがきっかけで床につき、ついに儚《はかな》くなってしまいました。

源六の嘆き悲しむことひと通りではなく、朝晩その供養ばかりして一切外出もせぬという有様。

源六の友人に竹口兵衛《たけくちひょうえ》という者がありましたが、源六の両親からそのことを聞いて心配になり、彼を訪ねました。

久しぶりに対面してみると、源六はひどくやつれた表情でしたが、なぜか楽しそうです。

（おや、この者の父母から聞く話と違う）

兵衛は注意深く源六の語ることに耳を傾けました。すると、いろいろ話につじつまのあわぬところがあり、別におもしろくもないのに高笑いしたりします。

源六の部屋から出た兵衛は、そのまま彼の両親のもとへ行き、

「源六殿の有様、何とも不審です。夜な夜なの様子に注意いたしますように」

両親は心得て、その晩遅く、源六の部屋近くに寄って様子をうかがいます。

すると、部屋の中では、何者とも知れぬ女の声がします。源六もそれに応じて、時折低く笑います。

両親は驚いて、翌朝に兵衛を呼び出すと、一部始終を語りました。

「さてこそ（やはりそうか）」

とうなずいた兵衛は、一計を案じます。

親たちに酒宴の仕度をさせ、源六を部屋から無理やり引き出して、

「気晴らしに、友と一献」

初めは嫌がっていた源六も、酒が進むうち大いに酔って、その場に寝入ってしまいました。息子をそこから出さぬよう両親に言い含めた兵衛は、一人源六の寝所に入ります。そのまま待っていると、深夜、部屋の唐紙《からかみ》が開いて、

「我こそ参りたり（私、来ましたよ）」

と声がする。

兵衛が夜着《やぎ》（寝床の掛け着）を引き被って寝たふりをしていると、

「何で今宵は何もおっしゃらないのですか。遅く来たのを恨んでいるのでしょうか。これには少しわけがございます。御両親が珍しく宴の御様子ゆえ、その終わりを待っていましたので遅くなったのです」

いろいろくどき事《ごと》して（長々と訴えて）、夜着の端を持ちあげ、寝床に這い入る気配です。

薄明かりの中で兵衛が、その奴を見ると、口は耳の近くまで裂け、額に角《つの》が生えていますが、黛《まゆずみ》を塗り、紅白粉《べにおしろい》に、前髪はきれいに整えて、なりふりだけは生前の源六の妻と少しも変わりがありません。

「変化《へんげ》め」

兵衛は起き上がると、その奴に夜着を押し被せ、取って押さえると腰刀を抜いて二刀刺《ふたさ》し。なおも摑みかかってくるところを組み合っていると、伊藤家の人々が灯火を手に駆けつけます。

これに力を得て相手を組み止めた兵衛は、さらに数度刺し通して息の根を止めます。

部屋を明るくしてよく見ると、尾の先がふたつに分かれた巨大な猫でした。

「灯火をこれに」

「あっ、これは、当家で年久しく飼いたる猫です」

家の者は驚きます。

このことを目覚めた源六に語ると、源六は、

「我が女房、死して七日目に戻って来て言うことには『私は閻魔《えんま》大王の助けにて、蘇《よみがえ》ることを得ました。しかし、百日の間は誰にも申されますな。これは大王との約束でございます。それまでは忍び忍びに参りますゆえ、かまえて（決して）親御さまにももらし給《たま》うな』と念を入れて申す。それで誰にも話さなかったのだが、相手が当家の猫とは」

変化《へんげ》から救われたこと、ひとえに友のおかげよ、と涙を流しました。

現在の福島県あたりには、存外に化け猫の話が多いようです。同国の代表的な山、磐梯山《ばんだいさん》の西に、その名も猫魔ヶ岳《ねこまがだけ》という山があり、古来山中には猫の変化「猫又《ねこまた》」が多く住む、とされています。

その猫又を刺した竹口兵衛の腰刀も、以来「猫又切」と呼ばれましたが、何という刀工の作か、そこまでは伝わっていません。

八、「筍皮」と「あふひ」

豊後国（大分県）に、某《なにがし》の頼母《たのも》という武勇に優れた侍がいました。殿より御加増を賜り、家族も増えたので、ある日、思いきって広い屋敷に移ろうと考えます。あちこち巡り歩いて、城に近いあたりに手頃な土地を見つけました。ただ、そこにはもとから朽《く》ちた屋敷があり、近隣の人々は化け物屋敷と呼んで近づこうともしません。

「下らぬ噂よ。ここは、北に山を背負い、南に川が流れ、風水の卦《け》も良いではないか」

頼母は殿に願ってその古屋敷を拝領し、普請の大工を入れました。そして、屋根の漏《も》れなどを修理すると、まだ建具も入っていないにもかかわらず、二、三人の家来を従えてせわしなく引っ越してしまったのです。

屋敷の台所には大きな囲炉裏《いろり》があり、まことに良い雰囲気であったので、頼母はその晩、家来たちに命じて小豆粥《あずきがゆ》を煮させ、入居祝いをしました。

さて、箸をつけようとした時のこと。急に庭のあたりが騒がしくなり、突然雨戸が開くと、身の丈八尺（約二メートル四十センチ）を超える大坊主が入ってきました。

（ははぁ、これが噂に聞く化け物だな）

と、頼母も家来たちも黙って見ていると、大坊主は、囲炉裏の客の座に胡坐《あぐら》をかき、皆をじろりと睨みつけます。

頼母は手近な椀に小豆粥を注いで、その化け坊主の前に勧めると、こう言いました。

「法師は何処の者か。この屋敷は我が主君より拝領したものだ。しかし、法師もこの屋敷には何やら子細《しさい》ある様子。こうして炉端を囲んだからには、以後、懇意の者として遇《ぐう》しよう。我らには、何の心苦しいこともない。退屈の祈はいつでも遊びに参るが良い」

すると大坊主は、すっと五尺（約一メートル五十センチ）ほどに身を縮め、板敷の端に退いて手を付きました。

「まことに恐れ多い御言葉。ありがとうございます」

「建具が入れば、我が妻子や下女たちも住む。皆を恐れさせてはならぬぞ」

坊主は、目をしょぼしょぼさせて首を振り、

「もちろん左様な真似は一切いたしませぬ。できますれば、こちらの台所の余り物など少し分けて下さいますれば、うれしく思います」

頼母は、大いにうなずいて、

「気遣いは無用。雨夜の晩のつれづれには、夜咄《よばなし》などして楽しもうぞ」

坊主は喜んで帰っていきました。

頼母は居合わせた家来たちに、その夜見たことを口止めし、やがて家族を屋敷に迎えました。

その後、坊主は毎晩のようにやって来ては夜噺をするようになりました。源平や応仁、戦国の合戦譚が実に上手で、頼母の家族も家来も掌に汗握って聞き入ります。頼母の子供は坊主に懐《なつ》き、妻は洗い張りした古着などを贈ったりもしました。

かくして三年。ある晩秋の夜、いつものように坊主は訪ねてきましたが、少しやつれた様子で、会話も弾みません。

「どうしたのだ」

と頼母が心配して尋ねると、坊主は目元に袖口を押しあてて、

「ここ数年の間、かような異形の者に親しくお付き合い下さり、またいろいろお恵み下さいまして、感謝の言葉もございません」

「まるで冥土《めいど》に旅立つかのような口振りだな」

「左様。やつがれめは、命尽きて明日はこちらにお伺いすることのできぬ身となります」

坊主は立ち上がって、庭に面した障子を開け放ちました。

月明かりの下、そこには数十匹の狸が、神妙な様子で身を寄せ合っています。

「心残りは、我が眷族《けんぞく》の行く末でございます」

「心配いたすな」

頼母はやさしく返答します。

「お前の一族は、我らが面倒を見ようほどに」

狸たちはこの言葉を聞いて、深々と頭を下げると、山に戻って行きました。坊主はそれから頼母と別れの挨拶を二言三言交わし、己も庭に降りましたが、はっとしたように振り返り、

「申し忘れるところでありました。やつがれのもとに、代々伝わる刀が一振りございますが、ご恩返しの印にそれをお収め下さい。明後日、山に参られますように」

と言うと闇の中に消えていきました。

一両日経って、頼母は屋敷の裏山に登りました。山道をしばらく行くと、獣道が二又に別れており、そこに全身の毛が抜け落ちた巨大な古狸が死んでおりました。

「これがあの坊主の正体か」

頼母が念仏を唱え周囲を見まわすと、死骸から少し離れた藪の中に、竹の皮に包まれた細長いものが置かれています。

皮を剥いでみると鞘もなく、抜き身のままの刀身が現れました。

「これは尋常の刀にあらず」

兵法の達人にして、刀の鑑定にも一家言《いっかげん》ある頼母は、その輝きを見て驚きます。

いったんはそれを家に持ち帰りましたが、見れば見るほど刀の格が高く、自分には似合わぬ

ものと感じました。そこで刀屋を呼んで拵を付け、由来記を添えて主家に献上します。後にその刀は江戸で本阿弥家の鑑定を受け、正宗と「極め」が付きました。同家では以来この刀を、「筍皮正宗《たけのこがわ》」という異名で呼んだそうです。

以上の物語は、江戸中期の伝奇作家太田《おおた》逍遙軒《しょうようけん》の話をまとめた『怪談老《おい》の杖《つえ》』より採集しました。同書の序文には、

「逍遙軒、同姓持資《もちすけ》（太田道灌《どうかん》）の遠裔《とうえい》にして、世々控弦《こうげん》（武士）の家なり。壮《そう》なりし時は豊後国の城主に仕えて食禄三百石……」

主君没後は退職し、江戸郊外葛飾《かつしか》に住んで八十歳近くまで生きた、とあります。これは逍遙軒が若い頃に仕官先の豊後で耳にした、化け物噺を記録したものでしょう。

調べてみると、これと荒筋は似ていますが、細部の大きく異なる物語を発見しました。江戸・天和三年（一六八三）に出版された『新御伽婢子《しんおとぎぼうこ》』にある『古屋剛《ふるやのごう》』という話です。

九州の或方《あるかた》（……と書かれていますが、同じ豊後国と思われます）に、赤松《あかまつ》某という勇猛な侍がおりました。

主君の国替《くにがえ》に従って、この国に入ったのですが、まず困ったのが住まいです。幸い城の近くに古びた屋敷があり、近所の百姓たちに、いかなる人の住まいであったか尋ねてみると、皆身《み》を震わせて答えます。

「あの屋敷には化生《けしょう》の者が住みます。これまで何人もの人が家移《やうつ》りしましたが、怪異の恐ろしさに一晩も保《たも》てず、あるいは逃げ出し、あるいは絶命するといった有様で、今もあのように無人なのです」

赤松がこのことを主君に報告すると、

「何じょう（どうして）公《おおやけ》の場所に異形のものの、主人面《づら》して住まわせることが許されよう」

主君はひどく怒って赤松に命じます。

「汝《なんじ》にこの屋敷を得さすぞ。堅《かた》く守りて家のあるじとなれ」

赤松は仮宿《かりやど》に戻ると、鎧をまとい、家来にも武装させて、その日のうちに古屋敷へ入りました。

部屋の内を片づけ、四方に大蠟燭《おおろうそく》を立てまわし、自身は具足櫃《ぐそくびつ》（鎧箱）に腰を下ろします。家来たちも槍や長刀を立てて彼のまわりを固め、まるで合戦のような有様。

一同、油断なく夜のふけるのを待っていると、やがて何処からか半夜《はんや》を告げる鐘が、聞こえてきます。

外はしとしとと夜雨《やう》も降り始め、いかにも変化《へんげ》の現れそうな気配です。

どうしたことかその頃から家来どもは、猛烈な眠気におそわれて、一人倒れ二人横になり。主人の赤松一人が正気を保っているばかりとなりました。

「面妖な」

赤松は膝に小柄《こづか》（小刀）を刺し、痛みで眠気を払いながら、なおも待ち続けました。

すると、子《ね》の刻《こく》（真夜中の十二時前後）、部屋の外に高い足音です。

障子《しょうじ》を開け「えい」という掛声とともに部屋に入って来たものを見れば、天井に付きそうな背丈の大坊主でした。

顔は臼《うす》の大きさ。両眼も車輪のごとく。手足に至っては、屋敷の大黒柱より太そうです。

赤松は、鎧の袖を跳ね上げると、太刀の鯉口を切り、いつでも斬りつけられるよう身構えました。

しばらく異形の者と睨み合いが続きましたが、大坊主は根負けしたように、

「天晴《あっぱれ》、汝《なんじ》は漢《おとこ》だ。今宵は更《ふ》けた。明日の晩、疾《と》く参りて物語りせん」

と言って部屋から出ていきました。

赤松は家来たちを揺り起こし、

「お前たち、今の異形を見たか。声を聞いたか」

と尋ねると、皆口々に、

「声は耳にしましたが、なぜか瞼《まぶた》が一向開かず、死に入る心地でした」

と答えます。これぞ異形変化の術中にはまったと見た赤松は、

「変化《へんげ》は明晩も来ると申した。次はお前らも、断じて眠るな」

と命じました。

さて、次の夜です。戌《いぬ》の刻（午後七時頃）は過ぎ、亥《い》の刻近く（午後九時頃）に皆が用意を整えていると、早くも怪しい足音が聞こえ、家来たちはばたばたと倒れ伏していきます。

「おのれ、また怪しの術を用いるか」

その夜は具足櫃に座らず仁王立ちしていた赤松は、太刀を半ば抜いて身構えます。

すると晩夜の大坊主の声で重々しく、

「剛の者よ、かまえて卒爾《そつじ》し給うな（軽はずみな動きをするな）。我はこの地の主《ぬし》にして、歳数百を経た者である。つれづれなるままに話を楽しもうと、これまで幾多の入居者へ初見《しょけん》に出《い》ずれど（初対面しようとしたが）、誰もが我が姿に恐れ逃げまどいて、われかの気色《けしき》（人事不省の状態）に陥る者もあり、情けなき様子。汝はまことの剛の者なり。これからは仲良くいたそう。昵懇《じっこん》（近づき）のしるしに、我が家の重宝を贈ろうぞ」

障子の陰から一振りの刀が差し出されました。

赤松は黙ってその刀を受け取り、刃先を確かめる振りをして、

「えい」

と障子越しに斬りつけると、手の内に確かな手応えがありました。

ばたばたと庭に走り出る気配があり、あたりに鮮血が飛び散っています。

赤松は眠っている家来どもを叩き起こして命じます。

「松明を出せ。変化《へんげ》を追うぞ」

滴る血の後を追っていくと、屋敷の巽《たつみ》の方《かた》（南東の方向）にある藪の中に続いていました。

茂みを掻き分けると穴がひとつ。穴の縁《へり》にも血が付いています。

「かような穴に潜むは、狐狸の類《たぐい》に違いない。いぶし出せ」

松葉を焚いて煙を煽《あお》ぎ入れれば、小さな狸どもが次々に走り出ます。片っ端からこれらを打ち殺し、穴のまわりを掘り広げると、中は十畳間ほどの広さになっていました。

そこにコッテ（特牛《ことい》・巨大な牛）ほどもある巨大な古狸が、深手に苦しみながら踞《うずくま》っています。

「それ引き出せ」

皆はその古狸を藪の外に引きずり出すと、寄ってたかって刺し殺しました。

変化退治が一段落すると、赤松は古狸が差し出した刀を確かめます。

「由緒はわからぬが、名剣のようだ」

城にあがって主君に披露すると、傍らに座った家老が驚きます。

「それなるは、当家が先代の御主君より拝領し、今は当屋敷に秘蔵の『あふひ』の刀である」

家に人をやって刀箱を取り寄せると、塗り箱の蓋《ふた》には鎖《じょう》が掛かり、封印も切られていませんでしたが、中は空であった、ということです。


同じ「古屋敷の怪」というテーマでも、古狸のキャラクターには雲泥《うんでい》の差があり、また「化け物」に対処する侍の態度も同様です。前者の頼母が心の広いところを見せるのに対し、後者赤松の某には武門の意地を優先させる冷酷な面がうかがえます。

これには物語を採集した太田道遙軒と、『新御伽婢子』編者の、考え方の差のようなものがあるのかもしれません。

なお、文中にある「あふひの刀」を現代文に直した岩波版の校注には、「葵《あおい》の御紋入りの刀」とありますが、私（筆者）は、これが「あおえ」の書き違いではないか、と考えています。備中青江鍛冶の業物には、有名な「にっかり青江」をはじめとして化け物斬りの話が多く、これは当時の人々にも、よく知られていたからです。

九、猿と「鷲切兼光」

享保年間（一七一六―三六）。加賀国《かが》（石川県）前田家の家中に、丹羽武兵衛《にわぶへえ》という真面目一徹の武士がおりました。

晩年は、長《なが》の忠勤が認められて、馬廻頭役《うままわりかしらやく》（主殿の親衛隊長）に出世しましたが、彼がまだその役につく前のことです。

ある年の春、持病の頭痛がひどくなった武兵衛は御支配方に届けを出して、温泉に出かけました。

目的の場所は、加賀金沢の城下から三里（約十二キロ）ほど離れた石川郡湯桶の湯です。ここは内臓の病や偏頭痛によくきくところとして知られていましたが、ひどい山道を越えていかねばならず、当時は城下の人々も、あまり足を向けないところでした。

武兵衛は名の通り武辺者《ぶへんもの》（武芸達者）でしたから、さして気にすることもなく、険しい道を歩いていきます。

偏頭痛は、多分に心理的なもので、温泉につかって気分が良くなると、武兵衛の病はたちどころに治まってしまいました。

そうなると今度は暇を持て余します。彼は従者たちに酒の入った大瓢箪を担がせて、山の中をあちこち巡り歩きました。

ある時、土地の者が「おやくしさま」と呼ぶ薬師堂の峰に登り、盃をかたむけていると、向かいの山に山水画にあるような絶壁を見つけます。

「なんとも美しい崖だな。あれに酒席を設ければ、唐《から》の詩人にも似た心持ちとなるだろう」

その時の武兵衛の心境を、この奇譚の作者堀麦水《ほりばくすい》は、

「西山鐘声《しょうせい》を伝え、断猿《だんえん》はるかに叫ぶ。斬樹暮雲《ざんじゅぼうん》に接して、返照《へんしょう》山の洞に入り……」

と書いています。おそらく夕暮れも近い頃のことだったのでしょう。

「さほど離れてもおらぬところだ。皆々、大刀はここに置き、腰差ばかりの身軽になって行こうぞ」

武兵衛はそう言って、薬師堂に刀を預け、向かいの山に登りました。

そこでも良い気分で一杯やり、足元の暗くならぬうちに、と堂に戻って刀の置いた場所を見ると、自分の刀だけがありません。

「盗まれたか」

武士が佩刀《はいとう》を盗られるは恥の第一です。しかも武兵衛の刀は、丹羽家重代の品。

「狭い湯治場である。盗んだ者がおれば、すぐに見つかるだろう」

従者たちに命じて、湯治客を片はしから調べてまわりました。

その客たちの中に、能登石動山《のといするぎやま》の山伏がいます。

「山伏ならば、失せもの《う》の占《うらな》いも良くするだろう。盗んだ者の正体を見極めてくれ」

武兵衛の求めに応じて山伏は、湯治場の片隅に壇《だん》を築いて祈りました。そして、

「御腰のものは、人が盗みしものにあらず」

山伏は重々しく言いました。

「人ではないだと？」

「獣の手にあります。たずねると、やがて出て参りましょう」

なんとも不思議な卦《け》を口にします。武兵衛は半信半疑。しかし、湯治場に犯人らしい者も見当たらぬため、明朝、山狩りすることに決めて、その夜は部屋に戻りました。

しかし、大事な刀の行方を思えば、目が冴《さ》えてなかなか眠りにつくことができません。

それでも明け方近く、すうっと睡魔がおそってきて、うとうとした、その時です。

「もしもし」

濡《ぬ》れ縁《えん》のあたりに呼ぶ声があり、武兵衛が枕を傾けて顔をあげると、

「やつがれは、この山の中に住む者でございます」

障子越しに、たどたどしく語りかけてきます。

「……子がひとりありましたが、先日、木に登っているところを悪鳥に襲われ、殺されてしまいました。親としてその悲しみは、腸《はらわた》が千切《ちぎ》れんばかり。そこにあなたさまがおいでになって、御刀をお置きになったのを幸い、お借り申して、我が子の仇を討ちました。御刀はここにお返し申しあげます」

と掠《かす》れ声で言いました。武兵衛は、夜具をはねのけて、障子を開きます。

そこには、庭先を走り去る大猿の背中が見えました。

縁側に視線を移せば、夜明けの光の中に、鞘《さや》を失った彼の刀と、片身から打ち落とされた巨大な鷲《わし》の翼が置かれていました。

朝食の前に湯治の客たちを呼び、前夜の疑いを詫《わ》びてこれを披露すると、誰もが驚きます。見事に占った石動山の山伏にも相応の礼をして城下に戻った武兵衛は、大鷲の羽と刀を前田侯に献上しました。しかし、

「汝の佩刀は家重代のもの。ますます大事に秘蔵せよ」

と前田侯は刀を武兵衛に返し、大鷲の翼だけを鏑矢《かぶらや》の羽にするため受けとります。

人々は武兵衛の刀が備前兼光であったことから、以後これを「鷲切兼光」と呼んだ、と北陸三国（加賀・能登・越中）の怪談を集めた『三州奇談』には書かれています。

十、大蠑螈《おおいもり》斬り

江戸の正徳年間（一七一一―一六）。輸入生糸が不足して、諸国に養蚕・製糸の令が出た頃の話です。

江戸は呉服町《ごふくちょう》の諸白《もろはく》（酒）問屋に、渡来屋《わたらいや》久兵衛《きゅうべえ》という人がいました。

家は元、小田原北条氏に仕えた侍で、代々相州（神奈川県）の三浦郡に土着していましたが、久兵衛の代に渡来屋へ丁稚《でっち》に上がり、主人に気に入られて入り婿。たちまち身代《しんだい》を倍にしたというやり手の男です。

しかしその久兵衛も五十歳となり、家付き娘との間に生まれた息子も、店をうまく切り盛りしていける見通しがつきました。

「世間では、この歳になると身を引くという。私も御隠居というものになってみよう」

久兵衛は、ある日、店の者に宣言します。

「庭に隠居所を建てられますか。それとも近所に家作《かさく》でも買われますか」

息子が尋ねると、久兵衛は首を横に振ります。

「身を引いた者がいつまでも身近に居ては、お前も煩《わずら》わしかろう。ここはいっそ、故郷の相州に住まおうと思う」

すでに相応の屋敷も見つけてある、という話に息子ばかりか、店の者も驚きます。

思えばこの久兵衛は、問屋仲間の会席では俳句もひねり、書画の交換会には積極的に参加する趣味人でしたから、風光明媚な場所で余世を過ごしたいと望むのも、無理からぬことではありました。

「(江戸の)御府内からそんなに離れた場所では、いざとなった時、いかがするのですか」

息子が問うと、

「街道を行けば刻《とき》がかかろうが、三浦には船がある。江戸湾を漕いで来れば目と鼻だ」

「初鰹《はつがつお》の競《せ》り船でもあるまいし」

呆れる店の者を尻目に、善は急げと久兵衛は、ただちに仕度を始めます。酒問屋仲間へ挨拶状をまわし、お上に隠居届け。妻と一番下の娘に、下男下女二人ずつ選び、連れていくことにしました。

相州から案内人を呼び、妻子は先に駕籠《かご》で行かせ、久兵衛は別の案内人と船でのんびり行く算段です。

彼の案内人は、相州金沢の古殺弥勒院《みろくいん》(称名寺)の寺侍をしていた石浜三五郎《いしはまさんごろう》という若者です。久兵衛の遠縁に当たり、これも小田原北条氏遺臣団の血筋をひく郷士でした。

「おや、三五郎。おもしろい脇差をさしているな」

久しぶりに会った三五郎に久兵衛は目ざとく問いかけます。

「どこで買った。日陰町《ひかげちょう》かな」

芝口《しばぐち》の裏手を俗に日陰町と言いました。江戸から戻る国侍が土産にする新出来《あらでき》の刀屋が軒を並べています。

「同じ芝口ですが、刀屋ではありません。荒物《あらもの》を扱う古物商の店先で」

軒先に吊るした古刀の一振りを、鞘も払わず買ったといいます。

「その店の親父は、眼を病んでいて店の者と客の区別もつかぬ老人でしたが、どういうわけか、この刀をひどく勧めるものですから、言われるままに買いました。どうせ金沢へ土産にするつもりなので」

値段を聞くとひどく安かったから、久兵衛も大笑いし、

「それでは犬追いにも使えぬなあ」

それから二人は品川から船で、相州神奈川に向かいました。

一方、先に三浦郡秋谷《あきや》に着いた久兵衛の妻と娘は、案内された屋敷に入ります。古い建物でしたが作りはしっかりしていて、建具も新しいものに代えられていました。庭の向こうには青々とした相模灘が広がり、一同は歓声をあげました。

しかし、二日、三日と経つうちに娘の様子が一変します。食が細り始め、ついには膳の箸にも手を触れることがなくなります。初めは母親も、環境が変わって、身体がついて行けないのだろうと思っていたのですが、その痩せ方は尋常ではなく、ついに床についてしまいます。

その頃、金沢、鴨居《かもい》（浦賀）、小網代《こあじろ》とゆったり船旅を楽しんだ久兵衛たちが秋谷浜に到着しました。

娘の容体を見て驚いた久兵衛は、あわてて鎌倉に早船をやって医師を呼びます。ところが、どのような治療も、また薬もききめがありません。

「これは困った」

久兵衛は医師を代えて江戸から名医を招き、また、近隣の巫女・祈禱師を呼び寄せます。どの医師も皆、匙《さじ》を投げますが、巫女の中に一人、不思議なことをはっきり言う者がおりました。

「この屋敷には怪しのものが住まっている。それが悪さを成しているのです。皆々、ここをただちに出なされ。今は娘御に祟っているが、やがてすべての者にさわりが出るでしょう」

久兵衛は、あまりこの言葉を信じてはいませんでしたが、とりあえず重体の娘に下女をつけて、南にある浄楽寺の宿坊に移します。

すると、翌日から彼女の様子に変化が表れました。食事もとるようになり、三日もすると寺のまわりを歩きまわるまでに回復したのです。

しかし今度は、屋敷に残った久兵衛の妻と下男二人が、体調不良に陥ります。夜中うなされることはなはだしく、やがて久兵衛自身も倒れ、とうとうすべての人間が、浄楽寺に避難する事態となりました。


屋敷の留守居を申し出たのは、石浜三五郎です。

この若者は、寺侍らしく見かけはおとなしそうでしたが、物に動じぬ性格で、僅かながら小太刀術も心得ていました。

「古屋敷の怪は、昔から狐狸の類《たぐい》が起こすものと決まっている。なんの獣風情に負けてなるものか」

久兵衛家の下男たちがこさえてくれた握り飯を肴に、三浦の濁り酒を打ち食らっていると、とろとろと眠気がおそってきます。

久兵衛たちが残していった豪華な夜着にくるまって目を閉じると、潮騒が遠く近く聞こえて、良い気分になりました。

と、その時です。夜具の間から手を差し入れて、ぐいと手足を摑んだ者がいました。

（これか！）

と半身を起こした三五郎の目の前に、目鼻だちもさだかならぬ真っ黒い大坊主が立っていました。全部で六体。

その中の二人が三五郎の手足を押さえつけ、二人が頭のほうへ、二人が足のほうにまわります。

（物化《もののけ》は六体か）

三五郎は、冷静に数えて何とか半身を起こすと、右手を振り解き、枕の下に差し入れます。そこに、江戸芝口で購《あがな》ったあの江戸土産がありました。鞘を払って抜き出すと、微かな部屋の灯に刃身がきらりと光りました。

手近な怪物を斬り下げると、柔らかい手応えがきました。なんとなく豆腐を切るようなたよりない刃当たりです。

大坊主たちがひるんだところで、

「石浜さま、三五郎さま」

と、彼を呼ぶ声と、屋敷の門を激しく叩く音が聞こえます。大坊主たちは、部屋から逃げ出していきました。

門を叩いていたのは、久兵衛家の下男二人でした。三五郎は彼らに尋ねます。

「真っ黒い大坊主が六人だ。出て行くのを見ただろう」

「いえ、誰も。ただ堀に何か投げ込むような音がしたので、声をかけました」

下男たちは答えます。

「堀か」

三五郎は大坊主たちに押さえつけられた時、何ともいえぬ嫌なにおいを嗅ぎました。それが泥と水草のにおい、とすぐに気づいたのです。

「庭に篝《かがり》を焚《た》いてくれ。それと、日が昇ったら銭を撒いて、そこらの村の者を掻き集めてもらいたい」

下男たちは三五郎の言う通りにしました。

早朝、集まって来た村人に、三五郎は竹槍を作らせ、屋敷の堀をさらうよう頼みます。

堀は水を掻《か》い出してみると、底が深く切れ込んだ薬研堀《やげんぼり》の形になっていました。これは、古く砦《とりで》の跡だったことを示しています。

泥を汲み出していた村人の一人が、

「ここはその昔、北条の早雲さまと戦った、三浦道寸《みうらどうすん》の出城《でじろ》があったところだ」

と教えます。村人の言葉の通り、底からは木ぎれ、土器《かわらけ》、武具の残片のようなものも出てきました。それらを取り除くと、大きな穴が現れます。

「思った通りだ。奴らはここにいるぞ」

棒の先で穴をさぐると、泥の中にうごめくものがあります。

「竹槍で刺せ」

皆が穴の中をざくざくと刺すと、血が吹き上がり、何か飛び出して来ました。すかさず三五郎が、腰の刀を抜いてそれを差し貫きます。チキチキと声をあげて泥の中に落ちたのは、五尺(約一メートル五十センチ)はあろうかという巨大な蠑螈《いもり》でした。

「これが蠑螈だとすると、もう一匹でかいのがいるぞ」

掻い出しの村人が叫びます。蠑螈は、必ず雌雄一対で行動するからです。竹槍でなおも突いていくと、さらに大きな蠑螈が一匹。それより僅かに小さな蠑螈が四匹、出てきました。すべて息の根を止めて、堀から引きずり出し、浜辺に積み上げると、三五郎は死骸に火を放ちます。灰にして海に撒くと、相模灘の魚がいっぱい群がってきたということです。

その後、隠居屋敷に何事もなく、久兵衛一家はそこで安楽に過ごしました。

大蠑螈を斬った石浜三五郎の評判もあがります。

彼は功名のもととなった刀を刀屋に見立ててもらったところ、大磨上げ無銘ながら、「加州住人清光《きよみつ》ほどに見えます」

とのことでした。加賀金沢の藤原清光は、室町時代から江戸期いっぱい、十二代続きますが、これが何代目の作か、そこまではわからなかった、ということです。

第六章
怨霊・妖怪に関わる刀

一、「吉光」の腰刀と鬼女

楠木正成は、元河内の土豪出身とされています。

元弘三年（一三三三）。後醍醐《ごだいご》天皇に味方して鎌倉方と各所で戦い、河内国司となりましたが、天皇から離反した足利尊氏を湊川《みなとがわ》（兵庫県）に迎え討ち、そして敗れます。

弟の正季《まさすえ》と湊川の古寺に入った正成は、自害する直前、弟に問いました。

「何か思い残すことはないか」

「事ここに至っては、何も申せません。ただ……」

正季はしばらく考えてから、

「何度でも生き返って、敵を討ちたいと思います」

正成は大きくうなずきます。

「それは遺恨怨念《いこんおんねん》というものだが、同じ思いだ。我も七たび生まれ変わって国に報いよう」

二人は腰刀を抜くと、刺し違えて命を絶ちました。

寺に火をかけなかったために正成たちの首は足利氏の手に渡ります。尊氏は、当時の慣わしに従ってそれらを、河内にいる楠木一族のもとに送りました。

その後、天皇を追って京に入った尊氏は、配下の者どもに、勲功《くんこう》の行賞を行ないます。

中でも人々の目をひいたのは、大森彦七《おおもりひこしち》という武士でした。楠木軍敗走のきっかけを作り、正成を自害に追い込んだ彼へ、尊氏は伊予《いよ》（愛媛県伊予市）に広大な所領と、自分の腰刀を与えます。

「我も今日から、御屋形様ぞ」

伊予松崎《まさき》に屋敷を新築した彦七は、連日、舞いよ宴よ、と遊び暮らしました。

後醍醐天皇が吉野で崩御し、足利の政権が僅かに安定すると、彦七の遊びにも拍車がかかります。

その頃、彼が夢中になっていたのは流行りの猿楽でした。

領民たちに臨時の税をかけて銭を集め、京から高価な衣装を取り寄せます。松崎の屋敷外に舞台を建てまわし、自らもその衣装を着て舞うという有様。

「いい気なものだ」

領民たちの評判は散々でしたが、彦七は一人悦《えつ》に入っておりました。

次の年の春、地元の金蓮寺《きんれんじ》で春期法要が始まると、彦七は居ても立ってもいられません。

「金蓮寺の春祭には、わしが舞《も》うて華を添えねばなるまい」

未明、衣装を持たせた家人らをぞろぞろ引き連れて出かけました。

濃い朝霧の中、茄子ヶ窪《なすがくぼ》というところにさしかかると、仮橋が落ちています。そこに、衣《きぬ》をかづき（頭に被り）緋の袴を着けた、美しい女性が立っていました。

「いかがなされた」

彦七が尋ねると、流れる小川を指差します。

「祭りに参る者ですが、足を濡らすこともならず、困っております」

はて、このような美女が領内にいたであろうか、と一瞬彦七は思いましたが、それよりも祭りに向かう浮かれ心が先に立ち、冗談半分に、

「左様なれば、それがしが背負ってつかわそうか」

普通、松崎の御領主様にそう言われれば、ためらうところです。ところがその女はうれしそうに、

「ではお願いいたします」

彦七の背に乗りました。香のかおりと軽々とした女体の手ざわりに、

（朝から法楽《ほうらく》なことだ）

彦七はうれしくなります。袴の股立《ももだち》をとり、ザブザブと川の中に入って行きました。

そして、川の中ほどまで来た時。それまで軽かった女の身体が、ずんと重くなります。

（どうしたのだろう）

彦七が肩越しに後ろを見ると、そこにいるのは美女ではなく、一匹の鬼でした。かずきの裏から覗く顔は口が裂け、両目は大人の拳ほど、額には角が生えています。

驚いた彦七が鬼を投げ出すと、鬼は長い腕を伸ばして彦七の襟首を摑み、宙に飛び上がろうとしました。両者、川の中で揉み合いになるところ、彦七は腰刀を抜きます。それは足利尊氏より拝領した名誉の刀でした。

鬼女は刃先を避けてなおも摑みかかります。しかし、その時になって、岸辺にいた家人たちが、駆けつけてきました。

それを見た鬼は、舌打ちすると、霧の中にすっと舞い上がり、消えてしまいます。

「御屋形、しっかりなされよ」

家人たちは、ずぶ濡れになって座り込む彦七を助け起こしました。その時、頭上から鬼のそれと思われる声が響きます。

「我は楠木の怨霊。湊川の恨みを晴らさんと、今朝《こんちょう》参ったり。いずれまた、あいまみえん」

震えあがった彦七主従は、屋敷に戻ると、四方に魔避けの札を貼ります。その後、金蓮寺の僧を呼び、大々的に祈禱をしてもらったところ、以後は何事も起きませんでした。

彦七は危ないところを助かったのは、尊氏から拝領した腰刀のおかげとして、この一件を文書にしたため京に送ります。

『太平記』にある「大森彦七、鬼女に遭《あ》う事」は、その報告をもとに書かれています。

尊氏が彦七に与えた腰刀は、名工粟田口藤四郎吉光の作でした。この吉光、正成が後醍醐天皇から賜り、湊川で自害した際用いたもの、という話も残っています。

別の史書には正成の自害現場に踏み込んだ彦七が捕獲し、尊氏に献上した後、改めて下げ渡された、とあります。

その話を裏づけるかのように、室町中期の能には、彦七の命ばかりか、正成遺愛のその腰刀を奪い返そうとする怨霊が登場します。

『讃岐国志』や『諸国里人談《りじんだん》』妖異編によれば、彦七が与えられた所領は、伊予郡松崎ではなく、同国大川郡の志度《しど》、と記されています。

ある時、弘法大師ゆかりの志度寺で能の興業があり、彦七はこっそりと出かけました。

席に着いて隣を見ると、かずきした美しい女性が座っています。

(小汚い爺ィや汗臭い若侍より、美女の隣は気分の良いものだ)

上機嫌で舞台を眺めていると、ごろごろと雷鳴が轟き、西の空に黒雲が広がっていきます。

(これは困ったな)

能は露天興業でしたから、彦七は何処で雨やどりしようか、と思案します。その時、近くの木に、どかんと雷が落ち、観客は総立ちになりました。

その混乱の中、ふと横を見ると、美女の形相が変わっています。

「おのれ、おおもりィ」

耳まで口の裂けた女は、彦七の身体に摑みかかると、銀色に光る爪を立てて、彼の腰刀を奪い取ろうとします。

彦七は体をかわして鬼女の手を逃れると、その腰刀を抜いて、さっと払いました。刃先が鬼女の腕に食い込みます。鬼女は悲鳴をあげて宙に浮かび、そのまま黒雲の中に消えていきました。

その後、どっと大粒の雨が降り、彦七は失神します。家来たちに助け起こされて、ようよう屋敷に戻りますが、高熱を出してそのまま寝込んでしまいました。

大森家の者どもは、土地で評判の祈禱師を招き、いかなる仕義で主人に鬼が憑《つ》いたのか、調べることにします。

やって来たのは「梓巫女《あずさみこ》」と呼ばれる盲目の老婆でした。彦七の枕元に座った彼女は、梓の木で作った弓を箱に打ちつけて、たちまち鬼をその身に降ろしました。

「我は楠木河内守（正成）なり。汝が奪いし我の腰刀は、尊き帝《みかど》より賜りの御品。汝のごとき下賤《げせん》の帯びるものにあらず。疾《と》くそれを返せ」

言い終えると、見えぬ目をかっと見開いて彦七の枕元に手を伸ばし、そこに置かれた腰刀を奪い取ろうとします。家人たちが老婆を押さえつけると、大いに暴れた後、がっくりと息絶えました。

「楠木の怨霊とは恐ろしい」

「こうなれば意地でも腰刀は渡すものか」

大森屋敷の人々は、武装して病床の彦七と彼の腰刀を守りました。

しかし、その後も何者かが深夜庭を歩きまわり、屋根に巨大な影が立つなど、不思議なことが続きます。

そして騒ぎから一年後、志度を大嵐が襲った晩。

病の床にあった彦七が、むっくり起き上がると大雨の中に走り出て、

「おのれ、正成。おのれ、正成」

腰刀を散々振りまわしたあげく、びしょ濡れになって絶命しました。

大森家の人々は彦七の葬儀を出した後、腰刀が家にあることを嫌い、それを尊氏のもとに戻しました。

この後に足利家でも何事かあれば、話はおもしろくなるのですが、異変はここで終わります。流石の怨霊も、時の征夷大将軍には手が出せなかったのでしょう。

足利三代将軍義満などは、この怨念の籠もった腰刀を美しい拵《こしらえ》に入れて、常の差料にしています。

時代が下り、八代将軍義政の頃。この腰刀は足利家を出て、多賀豊後守高忠《たがぶんごのかみたかただ》の拝領品となりました。

豊後守は応仁大乱の頃、京都所司代を務め、当時、足軽の張本《ちょうほん》として恐れられた骨皮道賢《ほねかわどうけん》という無頼漢を、平然と配下にする豪胆な人です。

その人がある日、将軍のもとで御前料理を披露することになりました。巨大な俎《まないた》の上に魚や鳥を置いて華麗に捌《さば》く技は、武家礼法の極みとされ、豊後守はその道の達人でした。しかし何処の世界にも、人の足を引っぱろうとする愚か者がいます。

日頃沈着な豊後守の、あわてふためく様を見ようと、同朋《どうぼう》（将軍に仕える僧形の者）の一人が、食材の鳥に鉄箸《てつばし》を差し入みました。

舞うように調理をしていた豊後守は、包丁の刃がかちり、と当たるのを見て、瞬時にしてその企みを見抜きます。顔色ひとつ変えず彼は包丁を置くと、腰刀を抜き、その鉄箸を無言で断ち切りました。

将軍義政は、豊後守の冷静さに感服します（一説に、同朋を使って鉄箸を仕込ませたのは、義政だとされています）。

以来、その腰刀には、異名がつきました。「包丁藤四郎」です。禍々《まがまが》しい正成の腰刀は、以来名誉の刀となって、足利家・豊臣家・上杉家・徳川家と伝わっていきました。

が、江戸明暦の大火（一六五七）で焼け身となります。その後も残骸は江戸城に残りましたが、刀としての命は、そこで終わったということです。

二、三振りの「火車切」

火車《かしゃ》という怪異には、大きく分けてふたつあるといいます。

仏教説話には、仏や寺へ被害を与えたり、親族を殺害したりした者が臨終する時、地獄に運んでいく火のついた車が出現する。これを曳く者は獄卒《ごくそつ》（鬼）である、と説かれています。

今でも時折「うちは火の車だ」などと言う人がいますが、これは家計が苦しく、地獄から来た火車に追い立てられるような心境である、という表現なのでしょう。

古代中国の兵書にも、敵味方の陣が接近した際、燃えさかる二輪車を決死隊に曳かせて敵の隊列に突き入れ、混乱を作る、と書かれています。紀元前の大陸では、よく使われていた兵器のひとつでした。

もうひとつの火車は、妖獣《ようじゅう》です。

全身に剛毛《ごうもう》が生えた猿とも狢《むじな》ともつかぬもので大きさは人の子供ほど。口元には牙《きば》、手足の先には刃物のような鋭い爪がついています。

死者の脳や心臓が大好物で、葬儀の場所に現れては、死骸を食い漁《あさ》り、残った肉は家の屋根に放り投げていくという迷惑極まりない化け物です。

この妖怪火車を斬った、という刀が幾振りか、名刀伝記には登場します。

その最初のひとつは、上杉謙信所蔵の脇差です。刃渡り一尺二寸七分（約三十八センチ）の平造りで、銘は表に「相模国住人広光《ひろみつ》」、裏に「康安二年十月日」。この年号から見て、刀が鍛えられたのは、足利尊氏が死んで四年後。北朝の後光厳《ごこうごん》天皇と吉野の後村上《ごむらかみ》天皇が依然併存《へいぞん》する南北朝時代でしょう。

戦国の愛刀家謙信は、居城の越後春日山城内に約七百振りの刀を集めていました。後を継いだ景勝の代に、三十五（一説には三十六）腰にまで整理されましたが、この「火車切広光」は、その選の中に入った、という名刀です。

第二次大戦後、この刀は謙信の子孫の家を離れましたが、なぜ火車切の名称を与えられたか、伝承が失われたためによくわかっていません。

謙信と戦った甲斐武田家にも「火車切」があったとされています。

これはお屋形さま信玄の佩刀《はいとう》ではなく、家臣の多田淡路守満頼《ただあわじのかみみつより》の持ち物です。淡路守はもともと甲斐《かい》の人ではありませんでした。美濃八千騎と称された武士の本場、現在の岐阜県中部から出て諸国を巡り、その武功によって武田家に仕官したと伝えられます。

この淡路守が主人を求めて放浪していた時期――おそらく天文年間（一五三二―五五）頃――、美濃の往還を歩いていると、ある里で葬式に行き合いました。

それがまた不思議な葬式でした。柩《ひつぎ》のまわりを固める男たちが、槍や薙刀を持ち、中には鎧をまとう者さえあって、まるで合戦に向かうような物々しさなのです。

「これは何事かな」

と問うと、一人の村人が答えます。

「この季節、死骸を奪う火車が出るのです。だから、こうして用心のため物具《もののぐ》つけて集うのが、この里の葬儀の慣わしになっております」

村人は彼方の山を指差しました。

「あの山のてっぺんに、小さな雲が浮かんでおりましょう。あれが、突然大きくなってこちらに向かって参ります。それが火車の現れる兆《きざ》しなのです。雲の中に潜む火車めが、死骸を狙って降りて参ります」

「それは面妖な」

「一度、火車が棺桶にとりついたら、もういけませぬ。そのまま持っていかれて、食い散らかされます。我が母も死後、とむらいの最中に獲られて、足一本だけが屋根に残っておりました。まことに口惜《くちお》しい次第でございます」

村人は歯ぎしりして悔しがります。淡路守はしばらく考えて、

「よし、その奴を斬ってやろう。わしの言う通りに動いてくれぬか」

村人を集めて耳打ちします。

やがて僧の読経が終わり、野辺の送りという段になります。人々は列を作って墓地への道を歩き始めました。

すると村人の言葉通り、彼方の山の頂上近くに浮かんでいた黒雲が、ぐんぐんこちらに近づいてきます。

「火車だ。皆、用心しろ」

野辺送りの人々は、柩を取り囲みます。しかし、雲が頭上に達するや、突然嵐となって、周囲に大粒の雨が降り注ぎます。

たまらず参列者が逃げ出すと、路上に放置された柩へ、雨雲がゆっくり降りてきて、地上近

くで渦を巻きます。

と、その渦の中から毛むくじゃらの腕がにゅっと突き出て、柩の蓋をこじ開けました。

この時です。柩の中から立ち上がったのは、淡路守です。

「物《も》っ怪《け》め」

抱いていた太刀を抜き放つと、渦に向かって斬りあげました。

人とも獣ともつかぬ悲鳴が轟き、柩の蓋を取り落とした異形のものは、逃げようとしますが、淡路守の二ノ太刀が襲います。

鋭い爪をつけた毛だらけの腕が宙を飛び、雨とともに鮮血が降り注ぎます。

同時に暗雲が吹き払われ、日が差してきました。

火車が残していった腕の切り口と、自分の太刀を交互に見比べて淡路守はひと言。

「我が太刀の斬れ味よ」

とつぶやきました。

その後、葬儀はとどこおりなく行なわれ、火車も二度とその村に姿を現すことはなかったということです。

淡路守は武田家に仕官する際、この「火車切」を信玄に献上しますが、

「豪傑の持つべき太刀なれば、それは最も良く用いる者が所持すべきである」

即座に返したということです。これが名刀好きの謙信であれば、大喜びで受け取ったことでしょう。このあたりにも両者の違いを感じます。

淡路守の家は長く武田家に仕えましたが、彼の子供久蔵《きゅうぞう》の代に、有名な長篠の合戦をむかえます。

奥三河の狭い谷間で戦うこと数時間。諸国に聞こえた精強武田兵団は壊滅し、大将勝頼《かつより》は僅か数騎で甲斐に逃げ帰りました。

多田久蔵は乱戦の中で織田方の捕虜となりますが、その時なぜか鎧も衣服も身につけず、ただ緋緞子《ひどんす》の褌《ふんどし》だけを締めた裸であった、ということです。

彼を捕らえた織田方の兵は初め、彼を敵方の雑兵と見ていました。しかし、心得のある者が久蔵の赤い褌を目にして、

「ただ者ではあるまい」

と見抜きます。緋緞子は、繻子《しゅす》地《じ》に赤い模様を織り込んだ高価な布地です。それを惜し気もなく下帯に用いるのは、よほどの身分の者にしかできぬ贅沢でした。

信長はその奇妙な捕虜の話を聞くと、急に興味をおぼえます。

「連れて参れ」

と命じたのは、勝利者の余裕を見せようという魂胆でもあったのでしょう。

さっそく縄付きで眼前へ引き出された彼に、信長は命じます。

「名乗りをせよ」

久蔵は初め黙り込んでいましたが、何度も問われるうち、小声で答えます。

「我は多田淡路守の子、久蔵なり」

信長は、はたと膝を打ち、

「わしも美濃の領主ゆえ、その名はよく存じておる。国境い恵那山《えなやま》に住むという火車を斬った者であろう。そうか汝はその子か。しかし、なぜ赤裸で戦場をさまよっておったのか」

「何もかも嫌になったのでござる」

武田家の勇士たちが、名も無き足軽の放つ鉄砲で次々に討ち取られていく。その光景に深い絶望感を抱いて、にわかに身につけた物を脱ぎ捨てた、と久蔵は語りました。

信長は何やら考える気配でしたが、やさしく言います。

「何も汝《なんじ》が気落ちすることはあるまい。此度《こたび》の合戦は、汝の主人諏訪《すわ》四郎（武田勝頼）が愚かであったからよ。聞けば汝の父淡路守は美濃の出であるという。どうだ、これを縁に当家へ仕えぬか、悪いようにはせぬぞ」

久蔵は黙って俯きました。それを見た信長は、彼が了解したものと思い、

「誰ぞ、この者の縄を解き、衣服を与えよ」

「かしこまって候」

小姓の長谷川秀一《はせがわひでかず》が陣幕の向こうに久蔵を連れて行きました。

しかし、縄を解いた途端、久蔵は見張りの槍を奪い取り、大暴れに暴れ始めます。

「恩ある主君を愚かと言われて、怒らぬ武士が居ようか。しかもおのれら、汚き飛び道具を用いて、我が親族朋輩《ほうばい》を討ち取った。かような家に仕えるほど、この多田久蔵、身を落としてはおらぬぞ」

数人の雑兵を突き殺したために長谷川が背後へまわり、

「殿の恩情を無にするか」

大声をあげて斬りつけました。織田方の兵たちも仲間の仇と、久蔵へ槍を付けたため、彼はズタズタになって死にました。

これを聞いた信長は、

「惜しいが仕方ない。武田の狂犬を飼おうとしたわしが愚かであった」

嘆息した、ということです。この久蔵闘死の一件は『甲斐国志』その他の資料に多く載っていますが、久蔵が捨てた武具の中に、あの「火車切」があったかどうか、触れているものはありません。また、その太刀を鍛えた刀工が何者なのかも記された本は皆無です。

「火車切」の名を持つ刀は、さらに一振りあったことがわかっています。

信州諏訪《すわ》家の血筋をひく諏訪備前守という人が、徳川四代将軍家綱《いえつな》の時代に書いた『火車切刀之記』という本には、

「諏訪家には、火車切友重《ともしげ》という刀と、火車の爪が伝えられている」

と書かれています。これはどうやら太刀ではなく、少し短い打刀の形であったようです。

『刀之記』によれば、天正十八年（一五九〇）、秀吉の小田原攻めが終わった後。旧領の三河・駿河から関東八ヶ国に移された家康は家臣らに新領を分配します。

長らく三河国加茂《かも》郡（愛知県豊田市）にあった松平五左衛門近正《ござえもんちかまさ》（近政）は上野国那波郡（群馬県）に一万石を得て入部しますが、この地はいろいろと怪異の多いところとされていました。

「妙な土地をもらったものだ」

しかし近正は豪気な人でしたから、気にもとめず、連日領内を巡回します。ある時、土地の豪農の家を訪ねると、折悪しく葬式の最中でした。聞けば、その家の刀自《とじ》（老妻）が亡くなったということです。

家の者が棒や脇差で武装し始めたので、五左衛門は、

（土民ども、一揆を起こすつもりか）

と驚きますが、話を聞けば妖怪避けだといいます。

「このあたりに出る火車という魍魎《もうりょう》の一種が、野辺送りの列を襲って、おろく（死体）を奪います。これを避けるため、親族はかように得物（武器）を持つのが慣らいです」

土豪は答えました。魍魎とは山中の気が凝《こ》りかたまって出来た精霊のことです。子供ほどの大きさで髪と耳が長く、知人の声を真似て道行く人を迷わせ、また墓を暴《あば》いて死体の心臓を食うと言い伝えられていました。

「上野国には不思議なものが出おるのう」

五左衛門は、これも領内検分の仕事、と葬列の後に付いて行きます。

すると、一行が墓地の入口にさしかかった時、一天にわかにかき雲り、ざっと雨が降り注ぎました。

あちこちに雷が落ち、人々が柩を置いて木々の下に避難した時、頭上の黒雲を掻き分け、一本の腕が伸びてきます。

これだな、と思った五左衛門は雨中に走り出ると、抜く手も見せず腰の刀を払いました。手応えあって、黒雲は消え去ります。

先程の雨はどこへやら、路上には水溜まりの跡ひとつ無く、そこに獣の前脚のようなものが転がっていました。

五左衛門が拾いあげてよく見ると、脚の先には瀬戸物のように艶《つや》やかな爪が、三本突き出ています。

彼はその爪を引き抜くと、前脚のようなものだけを土地の者に渡します。

「我が愛刀友重の斬れ味を示す証拠として爪は貰うておくぞ。化生《けしょう》の手は干し固めていずれかに隠しておけ」

渡辺綱の伝承にもある通り、手足を失った妖鬼は必ず取り返しに来る。

「隠してしまえば、その身体は二度と元に戻すことができず、悪さも出来ぬ」

「ありがたきお教え」

五左衛門の武勇は、たちまち上野国に広まりました。

後に五左衛門の孫娘が、信濃諏訪城主の一族諏訪頼雄《よりかつ》と結婚が決まった時、老いた五左衛門は大いにこれを喜び、婿引出《むこひきで》として火車切友重に三つの爪を添えて贈りました。

「松平五左衛門の刀が、当国に舞い込んだか」

諏訪家当主の諏訪頼水《よりみず》は、以前から隣国での評判を耳にしていただけに、たちまち君命《くんめい》をもって頼雄から刀を召し上げます。そして、最もお気に入りの二男頼郷《よりさと》に、これを守り刀として与えました。

頼郷は有頂天になり、人前に出る時は必ずこれを帯びていましたが、ふと、大変なことに気づきます。

「これには、火車切の証拠である爪がついておらぬ」

怪物の爪三つは、当主頼水の召し上げにも応ずることなく、頼雄家が秘蔵し続けています。

「爪をよこせ」

「渡せぬ」

頼郷家、頼雄家の間に、何度も使者が行き来します。が、埒《らち》があきません。

そうこうするうち両家の間が険悪になり、あわや家臣同士の刀槍沙汰になりかけます。ようやく間に立つ者——諏訪家当主の内命を受けた者でしょう——があって両家に妥協案が示されます。

「火車斬りの証拠となる爪は、ひとつあれば充分でござろう」

頼郷はこれに渋々納得しました。頼雄の家も刀から爪まで取られっ放しですが、二個の爪が残ればまず我慢のうちと諦めます。

まるで玩具を取り合う子供の喧嘩を見るようですが、当時の武士の意地とは、こうしたものなのです。

なお、この『火車切刀之記』の伝承にも幾つかの異説があり、火車の爪は城主頼水が全て召し上げ、頼郷が親に甘えてひとつもらったという話も残っています。

しかし、現在、改めてこの話を読み返してみると、戦国時代、美濃の山中で火車を斬った多田淡路守の話に酷似しており、その古い物語のほうにオリジナリティを感じます。

なお、友重の刀は、戦後行方不明となりました。

三、やまんば斬り「国広」

「やまんば」とは、山姥《やまうば》のことです。深い山の中に住む鬼女の一種ですが、必ずしも老婆の姿ではなく、絶世の美女として表現されることもありました。

能の『山姥』（世阿弥の作）は、山姥の曲舞《くせまい》を舞って評判となり、「百万《ひやくま》山姥」の渾名《あだな》をもらった都の白拍子が、善光寺詣での途中、信濃の山中で本物の山姥に出逢うという筋です。

幼名を金太郎の名で知られる坂田金時も、相模国（神奈川県）足柄山《あしがらやま》の山中で山姥に育てられ、怪力を身につけたとされています。

この怪女を斬ったという刀が世に二振り、存在しました。

そのひとつは、備前長船長義《びぜんおさふなながよし》（通《つう》は長義をちょうぎと音読みします）の鍛えた太刀です。

長義は南北朝時代の刀鍛冶ですが、自由奔放な性格で、時に作風も長船派から離れて、相模鍛冶のそれに近く、銘も北朝足利方の年号を嫌って南朝の年号を刻んだりしました。

この人の鍛えた太刀の中に、「八文字長義《はちもんじちょうぎ》」という利刀があります。

戦国時代。常陸の武将佐竹義重が、小田原北条氏と争った際。味方の下妻《しもつま》城主多賀谷政経《たがやまさつな》を支援して出陣した義重は、北条氏政の本隊と激突します。

乱戦の中で北条方の騎馬武者に出合った義重は、愛刀の長義を抜いて、敵の兜の中央に打ち込み、そのまま下まで斬り下ろしたところ、敵の身体は、鞍の上で八文字に裂けた、という凄まじい伝説が残っています。

時代は少しさかのぼります。この長義の太刀を腰に、信濃国を行く男がおりました。

男は、いずれかの合戦に敗れて家を立ち退いた直後でした。さしたる旅の用意も無く、身重の妻を連れ、休み休み山道を歩きましたが、小諸《こもろ》のあたりで、妻が急に産気づきます。

「とりあえず、雨つゆを忍ぶ場所を探さねば」

と、まわりを見まわせば、運良く森の中に一軒の小屋を見つけます。

「やれ、助かった。あそこで休ませてもらおう」

軒のかたむいたそこには、一人の老婆が暮らしていました。

男が旅の難儀を語ると、老婆はうなずいて、

「ここでお産をなさると良い。幸いこの婆めには産婆《さんば》の心得もある。しかし、困った。この家

には産後の清めに使う布もなく、ヘソの緒を切る道具もない」

「銭ならある。わしが小諸の村へ戻って、手に入れて来よう」

男は、里に走りました。何とか品を買い整えて夜道を駆け戻ると、小屋から悲鳴が聞こえます。

あわてて中を覗くと、出産直後の妻から赤ン坊をとりあげた老婆が、あろうことか、その子をばりばりと食い千切っているのです。

「妖怪め」

男は腰の長義を抜き放つと、小屋に飛び込みました。

我が子の仇と斬り込めば、ザクリと手応えがありましたが、老婆は口に赤子の足をくわえたまま、外に逃げ出します。

「待てっ」

と男は追いかけます。月明かりの下、血の臭いをたよりに追っていくと、谷間の奥に洞穴があり、そこに何か動く気配を感じます。

「出て来い」

男は、枯葉を集めて穴の口に積み上げると、火打ち鉄を打って点火しました。

煙が洞穴に充満すると、たまらなくなったのか老婆が顔を出しました。

飛びかかってくるそれに、男が斬りつけると、ぎゃぁと獣のような声をあげて、老婆は真っ二つに断ち割られました。

この「山姥切長義」が、どこをどう巡ったものか、上野国館林《たてばやし》（群馬県館林市）城主長尾《ながお》顕長《あきなが》の手に収まります。

伝承によれば、この刀は小田原北条氏のもとにあり、天正十四年（一五八六）、北条氏政《うじまさ》から顕長に贈られたとされています。

この結果、関東の外れ、常陸国と上野国に「八文字」と「山姥切」、長義が鍛えた二振りの名刀が存在したことになりました。

ところが、二年後の天正十六年（一五八八）八月。顕長の館林城は突如、北条氏の攻撃を受けることになります。

北条氏忠《うじただ》・氏勝《うじかつ》らに率いられた二万余の兵が長尾領内に乱入しました。この攻撃理由は、不思議なことによくわかっていません。

天正十六年というと、上方《かみがた》の秀吉が小田原方に政治的圧力をかけ始めた時期です。また、常陸太田の佐竹氏も虎視《こし》眈々《たんたん》と上野国を狙っていました。

顕長はいずれかの敵と内通を疑われたとありますが、研究家の中には別の説を唱える者もいます。秀吉の関東攻めに備えて、要衝館林を北条の直轄地にしておきたい氏政が、無理やりに理由をつけて討伐を命じたのだ、というのです。

いずれにしても顕長としては武門の意地。振りかかる火の粉は払わねばなりません。周辺の農民をも掻き集めて、二万の大軍と早や一戦、となったその時。

館林城下、茂林寺《もりんじ》の僧が交渉役をかって出ます。

顕長としては売られた喧嘩であり、寄手《よせて》も、大義名分が乏しいために士気が低下していました。和議が成立し、北条方は平和裏に館林城を受け取り、顕長はもうひとつの拠点である下野国足利《あしかが》（栃木県足利市）に退きます。

この時「山姥切長義」は顕長の手を離れました。北条氏政からもらった品ゆえ不快に思い家臣にくれてやった、あるいは北条氏が顕長恭順《きょうじゅん》の証《あかし》として受け取り、小田原に戻したなど、これにも諸説ありますが、おそらく後者でしょう。

天正十七年（一五八九）十二月。ついに秀吉の北条攻めが開始されると関東の諸将は、兵を率いて小田原に籠もれ、と命じられます。

顕長も、渋々足利城を出て、南に向かいました。

小田原城で彼が守護を命じられた場所は、城中乾《いぬい》の角にある鍛冶曲輪《かじくるわ》です。

その名が示す通り、ここは平時、城中の鍛冶仕事を受け負う人々が働く場所でした。

秀吉方の兵は四月、城の包囲を終えると、堀際で小競り合いを始めます。鍛冶曲輪も攻撃の対象となりましたが、顕長は難なくこれを撃退しました。

その後は、長い籠城戦が続きます。ある日、顕長が自分の陣所を見まわっていると、一人の鍛冶師が熱心に鉄を打っている姿が目に入りました。鎚音《つちおと》が心地良く耳に響き、これはよほどの達人であろうと尋ねてみると、

「日州《にっしゅう》（日向国《ひゅうが》・宮崎県）の山伏でございます」

という返事です。

（これが名高い山伏鍛冶の国広《くにひろ》か）

顕長はかねてから、その男の噂を耳にしていました。日向国伊東《いとう》氏の一族が島津氏に攻められて四散すると、若君万千代《まんちよ》を守って豊後に落ちのび、後に若君がキリシタンとなると（これが後に天正遣欧使節の一人となる伊東マンショです）、そのもとを離れて諸国を流浪し、刀工として名を高めました。

（良い者がいたものだ）

顕長にはひとつの思いがありました。それは、手元から去った「山姥切」をもう一度その手にしてみたい、という願いです。

「国広よ、かくかくしかじかの次第である。わしの望みをかなえてもらえまいか」

いずれ起こるであろう豊臣方総攻めの時は、その刀でひと暴れしてみたいと言う顕長に、

「良か話でござい申《も》す。その長義の刀の、細目《さいもく》をお教え下され。写しを作り申そう」

国広は喜んで引き受けた、ということです。

この話は、刀剣研究家福永酔剣《ふくながすいけん》氏の随筆によりましたが、この話をいろいろ調べてみると、微妙に辻褄《つじつま》が合いません。

現在残っている重要文化財の「山姥切国広」の銘は、表に、九州日向国住国広作。裏には天正十八年庚寅《かのえとら》弐《に》月吉日《がつきちじつ》平《たいらの》顕長、とあります。

天正十七年の末に足利へ動員令が下り、顕長が小田原に入城したのが翌年正月末です。いくら国広が名工とはいえ、そんな短期間で鍛えあげて研ぎまで施すという話には少々無理があります。これは、福永氏が国広と小田原城鍛冶曲輪の伝承を、無理につなぎ合わせようとしたもの、と思われます。

その実体は、出陣前の顕長が足利で国広に作刀を命じ、完成途中の刀を持って小田原入城。諸国に聞こえた相州の研師に仕上げさせて、その後に銘を切らせたものでしょう。

小田原城包囲戦はそれまでにない不思議な戦いでした。

寄手の豊臣方は小田原の付け城（攻撃用の城）として巨大な石垣山城を築き、城下に人や物を集めて配下二十二万の将兵が長陣に飽きぬよう心掛けました。一方、北条方も兵士だけで五

万以上の人間を取り込み、連日包囲下の小田原では市《いち》が立った、といいます。

しかし、小田原城は同年七月五日。ついに開城します。

顕長は城を出て、常陸国太田の佐竹家にお預けの身となりました。

国広の刀は、その後転々として北条家の牢人、石原甚左衛門《いしはらじんざえもん》の手に入ります。この人が信州小諸の奥で山姥を斬ったという伝承もありますが、これは長義と国広の写しを混同した物語でしょう。


小田原を出た甚左衛門は、良き主人を求めて各地を転々としました。しかしどこの家中でも長続きせず、放浪に放浪を重ねます。

「鉢植えに向かぬ木があるというが、俺もそうなのかも知れぬ」

半ば絶望しつつも好機を窺《うかが》っていると、秀吉が死に、天下は再び乱れ始めました。

慶長五年（一六〇〇）、関ヶ原の戦い直前、甚左衛門は伝手《つて》を頼って、徳川方の先鋒、井伊《いい》直政《なおまさ》の軍勢に陣借《じんが》りします。

陣借は仮傭いのようなものです。兵糧だけを宛てがわれて出陣し、手柄に応じた褒賞を得ます。うまくいけば本採用も夢ではありません。そんな甚左衛門は長い戦場往来から、いろいろ心得のある男でした。乱戦では太刀が折れることを想定し、常にもう一振り腰にしていました。

これを差《さ》し添《ぞ》えといいます。同年九月、関ヶ原に出た彼は、伊勢路に退《の》く薩摩《さつま》勢を追って大いに働きます。

山路を走りまわっていると、獣道の端で顔見知りの武者に出会います。渥美平八郎《あつみへいはちろう》という井伊家の若い侍でした。

「どうなされた」

「槍も太刀も腰刀も、すべて折れてしまいました。使える刀でも落ちておらぬか、と探しておったところです」

「それはお困りでござろう」

甚左衛門は、腰に佩いた二振りのうち、一振りを無雑作に外すと、

「これを使われよ。武士は相身互《あいみたが》いと申す」

それが名刀「山姥切」国広でした。渥美は感激して刀を押しいただき、脱兎のごとく駆け出しました。

その後、渥美は敵将の首を獲り、首実検の場に進み出ますが、検視役に「山姥切」を手にしたなりゆきを語ります。

主人井伊直政も、話を聞いて驚きました。

「かほどの名刀を、気前良くくれてやる者ももらう者も、屈託《くったく》ない。美談であるな」

武士は須《すべか》らくそうでなければならぬと渥美を加増し、甚左衛門を新たに召し抱えました。石原・渥美の両家は、以来親族同様の付き合いをしました。

明治になって刀は渥美家を出て、さる人の所有となりましたが、堀川（田中）国広最高傑作とされ、重要文化財に指定されています。

四、名刀の力も及ばぬ怪異

小笠原《おがさわら》氏は中世、信濃の守護もつとめた名族です。

一時は所領の多くを武田氏に奪われて、傘下に組み込まれますが、信長が武田勝頼を滅ぼすと息を吹き返します。織田氏の同盟者徳川氏に接近して、下総古河《しもうさこが》三万石。関ヶ原の戦いの後には信濃飯田五万石。その後、同国深志（松本市）で八万石と順調に復活しました。

慶長年中（一五九六―一六一五）とありますから、同家が信濃のいずれかに入部した頃のことでしょう。

当主、小笠原秀政《ひでまさ》の奥方で歳四十四、五になる女性が、疱瘡《ほうそう》にかかりました。

この時代の疱瘡は、芋《いも》がさ・もがさなどと言い、ある程度齢の行った人がかかると死に至るという恐ろしい病でした。

しかも秀政の奥方は、信長に睨まれて、非業の死を遂げた岡崎三郎信康《おかざきさぶろうのぶやす》の娘、つまり家康の孫にあたります。

徳川家への聞こえもあり、何としても助けねば、と秀政は奥方の寝所近くに席を設け、医師にあれこれと指示を与えました。

その折のことです。寝所に控えていた奥方つきの腰元たちが悲鳴をあげました。

「何事か」

秀政が寝所に飛び込むと、腰元たちは、あれ、あれと指差します。

奥方の眠っている寝床の横には屏風《びょうぶ》が立てまわされていましたが、その上のほうから真っ黒なものが覗いていました。

よく見ると、それは巨大な坊主の首でした。大坊主は奥方を見下ろして、にたにたと笑っているのです。

秀政も大名ですから常に刀持ちを連れています。

「太刀を」

と一声叫ぶと、差し出された柄《つか》を握ってすらり、引き抜きました。

斬りかかろうとすると、大坊主の首は、ぱっと消えてしまいます。

「物の怪め」

歯がみした秀政は、宿直《とのい》の人数を増やし、腕におぼえのある侍たち五、六人を選んで奥の間に控えさせました。

するとその次の夜も大坊主は、屏風の上から頭を出します。秀政が走り寄り、

「何物が、かような変化《へんげ》をなしけるぞ」

と怒鳴りつけると、秀政が斬り込む前に、坊主は屏風の端から素早く手を伸ばして、奥方の身体を引っ摑みました。

そのまま伸び上がると、天井を蹴破って飛び去ろうとします。あわてた宿直の侍たちが、奥方の身体に取りつきました。

相方引き合いになりましたが、坊主の力は強力でした。ついに彼女の身体は、真っ二つに引き裂かれます。

寝所に飛び散る大量の血潮。

大坊主は、その血の海の中に手を入れて奥方の首を引き千切ると、天井の破れ目から消えていきました。

もうこうなっては、どうしようもありません。

その後も一年ほどの間、小笠原家には異変が続きます。

「殿（秀政）、雪隠《せっちん》へ行き給《たま》えば、冷ややかなる手にて股《もも》を撫《な》で、あるいは雪隠の掛け金を外

より掛けるなど、色々の凄《すさ》まじき事多かりしと也《なり》」と『諸国百物語』巻二の十八にあります。

この怪物は一体何だったのでしょう。

普通の物語なら、話の中にこれは何々の妖怪かも知れないぐらいのことは書かれているものですが、これも一切無しです。それがかえってこの物語の気味悪さを引き立てています。

不気味といえば、妖怪は、刀剣の霊力に弱いはずです。特に小笠原家といえば名家の流れで、名刀もそれなりに所持しています。中でも「鶯丸《うぐいすまる》」という伝来の宝刀は諸国に聞こえた利刀でした。しかし、『諸国百物語』の作者は、そのあたりに疎《うと》かったのか、刀については何も触れていません。

そこで、刀剣関係の書物で小笠原家を調べていくと、何とこの家には、刀鍛冶になった者のいたことがわかりました。

信濃守護を務めたほどの家に、鍛冶師はそぐわない、と言う向きもお有りでしょうが、名族なればこそ、いろいろな人が出るのでしょう。

鎌倉時代後期、信州の住人、小笠原の某《なにがし》が京に出て、左大臣九条政教《さねのり》に仕え、左近将監《さこんしょうげん》の官位を得ました。

それが、おそらく九条家の荘官《しょうかん》としてでしょうか。はるばる備前国長船《おさふね》（岡山県瀬戸内市）に下って、十町八反歩（約三十二万坪）を差配する身となります。

長船は当時、京や大和と並ぶ刀剣の一大生産地でした。京での華やかな暮らしに慣れ、刺激の乏しい田舎生活に飽き飽きした左近は、近所で響く槌音を聞いているうち、

「我もひとつ、やってみようか」

と、刀工の真似事を始めました。

実は、地方に下った貴族や武家が、趣味の刀剣の製作に携わることは、刀剣史ではさして珍しくないことなのです。

たとえば、鎌倉の初め。幕府打倒の志を抱いた後鳥羽上皇は、名工を師として手ずから槌を振るったとされていますし、これより後の戦国時代、父信虎《のぶとら》に疎《うと》んじられた若き日の武田晴信（信玄）は、鍛刀で憂《う》さを晴らしたといいます。彼の作った「天文六年七月日」と銘のある短刀は江戸期、武士たちに珍重されました。

小笠原左近も、初めは荘官の手すさび程度で始めた鍛冶でしたが、ついた師匠が長船景光《かげみつ》だったために、めきめき腕をあげていきます。

景光は、名人順慶長光《じゅんけいながみつ》の子。後年、楠木正成や上杉謙信の刀櫃に収まるほどの名刀を鍛えた人です。

作刀が上達するにつれ、左近の考えも変わっていきました。

このころの日本は、襲来する蒙古《もうこ》を二度にわたって撃退しましたが、その戦いの結果、鎌倉の御家人たちは経済破綻と、北条得宗家の専制政治に苦しみます。朝廷はまだ倒幕を考えていませんでしたが、世相の混乱は誰の目にもあきらかです。

（このまま、十町八反歩の差配で、神経を擦り減らしながら生きるか。それとも、いっそ今の地位を捨てて好きな道に入るか）

某は迷った末、刀工になる道を選びました。

師の景光も、彼の高い技量を認めて、自分の父長光の名を与えます。

これが左近将監《さこんしょうげん》二代長光です。この話は、長船の寺社に伝わった『崇神天皇社事由書《すじんてんのうしゃじゆうしょ》』『慈眼院《じげんいん》由来記』等に出ています。

二代長光が鍛えたという「名物小豆《あずき》長光」（小豆兼光とは別物）は、上杉謙信が愛用し、江戸時代には下野黒羽《くろばね》城主大関《おおぜき》家に伝わりました。

筆者は、化け物を斬ろうとした小笠原秀政の佩刀《はいとう》が、この二代長光の作ではないか、と考えています。

一族の系譜に長光の名があれば、同族の誼《よし》みもあって、大名家なら一振りぐらいは手元に置くでしょう。

特に小笠原家は礼法の家でもありましたから、こうした故実《こじつ》は大切にされたはずです。

それらの名刀の威力をもってしても、退治できぬ大坊主。この化け物は、奥方を引き裂いて生首を持ち去る残虐性を発揮しながら、秀政には厠で子供のいたずら程度のことしかしていないのです。この対応の違いは一体何でしょう。

ヒントとなるのが、奥方の出自。神君家康の亡き嫡男、岡崎三郎の娘という点です。「化け物」は徳川の血筋の者に何やら怨念のようなものがあり、当主秀政にはさほどの恨みがないと考えることもできます。

その昔、この物語には理路整然とした筋があったのでしょう。それが徳川家に知れると一大事となるため封印され、辛うじて怪談の形を借り、小笠原家に伝わった……と推理すべきなのかもしれません。

五、光り物を斬る「釣瓶落とし」

江戸時代後期、文政から弘化（一八一八―一八四八）の末頃にかけての噂話を書きとめた幕府御鷹方《おたかかた》の役人片山賢《かたやまけん》の『寝ぬ夜のすさび』には、人魂《ひとだま》に関するおもしろい話が載っています。

文政五年（一八二二）の夏、幕府御普請方《ごふしんかた》の侍が、役目のために鎌倉まで出かけました。宿屋に入ってひと風呂浴び、何気なく庭を眺めていると、一匹の大きな蝦蟇《がま》が現れ、垣根の下にせっせと穴を掘り始めます。

冬眠の季節でもないのに、変わったことをすると観察していると、穴を掘り終えた蝦蟇は、穴の中に身を収め、後脚で土をかけてすっかり身を隠してしまいました。

動物のすることはよくわからないな、とそのまま興味も失せた侍は、そのことを忘れて夕餉の膳に向かいます。

その夜、子《ね》の刻（真夜中の十二時前後）頃、厠に行って戻り、また何の気なしに庭を見ると、垣根のあたりで人が息を吐くようなハッという音がして、何か光るものが飛び出してきました。

その光るものは、庭のあちこちをしばらく動きまわっていましたが、少しずつ上に昇って行き、ついには屋根の彼方に消えてしまいました。

（あれが出てきたところは、昼間、蝦蟇が穴を掘っていたあたりではないか）

思い当たった侍は、朝を待って垣根の下を覗いてみると、穴のまわりには土が弾け飛んでいて、中には泡のようなものが溜まっていましたが、蝦蟇の姿はどこにも見えません。

侍は江戸に帰ると、仲間を集めた夜噺《よばなし》の会で、

「蝦蟇が化して人魂となる古人の説は、まことに疑う余地がない」

強く語った、ということです。

この御普請方の侍は、光り物をただ観察していただけですが、刀剣伝承には、これを斬った話も多く残されています。

江戸の上野に寛永寺が創建された年といいますから、寛永二年（一六二五）頃のことでしょうか。

洛中の人が所用あって西ノ岡《にしのおか》まで出かけました。現在の京都市右京区の西院《さい》のあたりです。時は五月。その年は特に雨の日が多く、行きは小雨でしたが、帰る頃にはざんざ降りとなりました。

「これではたまるまい。今宵は泊まっていきなされ」

と訪問先ではしきりに引き止めましたが、

「明日では叶わぬ用事があるゆえ」

と、その人は蓑笠《みのかさ》のこしらえを固くしてそこを出ました。

京都盆地の西は、古く乙訓《おとくに》郡に属し、人家も希《まれ》なところです。雨夜の晩は特に物凄《ものすさ》まじく感じられました。

通称これも「さい」と呼ばれた高西寺《こうさい》の、籔のあたりを通りかかると、傍らの大樹の下に何やら光るものが見えます。

何だろうと覗いてみると、輝く鞠《まり》のようなものが、上がりつ下がりつしています。

「これは火の丸がせ（火の魂）じゃ」

驚いたその人は、あわててそこを駆け抜けます。

人家の見えるあたりまで来て、ようやく足を止めて、ほっとひと息つき、身のまわりを確かめてみると、腰に巻いた布包みが消えています。

それは訪問先で土産にもらった味噌にぎりの包みでした。

（火の魂の化け物に盗られたか）

その人は後日、寄り合いの席でこのことを語ります。

「逸足《いちあし》を出して逃げ帰りしが、観音の守りを掛《か》け居申《おりもう》し候《そうろう》ゆえか、つつがなくまかり帰り候」

（いっさんに走ったが、肌守りのおかげで身に何事もありませんでした）

被害は味噌にぎりのみ、と言うと聞いていた訳知りの者が、

「それは西ノ岡に名高い釣瓶《つるべ》おろしというものだろう。大樹の精にして、陰陽五行の理《ことわり》で申せば木生火《もくしょうか》の陰火《いんか》じゃ。陰火は物を焼くにあらず、道理のおだやかなるもので、雨降りなどには、殊に見ゆると古書にもある。しかし不思議じゃな」

首をかしげます。

「不思議とは」

「左様な大樹の精が、味噌にぎりなど盗ろうか」

一座の中で、それまで黙って聞いていた浪人が、しれしれと笑って、

「まさに。おかしいのはそこじゃ。よかろう、それがしが、確かめて参ろう。幸い今宵も雨降り」

蓑笠を借りて出かけていきました。

西ノ岡の高西寺に着くと、あたりは真の闇。浪人が気配を消してその場に佇《たたず》んでいると、目当ての大樹の下に、火の魂が上下し始めました。

これよ、と浪人が近づくと、火の魂も近づいてきます。

その火の中には顔のようなものが、にたにた笑っているのが見えました。

(かようなものは木生火の理にあらず)

「変化《へんげ》め」

腰にあった脇差を抜いて一太刀、火の魂に浴びせると、気味の悪い声をあげて何者かが大樹のうろへ逃げ込もうとします。そこに二太刀目を差し入れると、手応えあって息の絶える気配。

浪人は寄り合いの席に戻って、待っていた人々に、脂《あぶら》の付いた刃身を見せました。

「明朝、高西寺に行って確かめるとよろしかろう」

久々に晴れ渡った朝、人々が水溜まりを踏んで西ノ岡に行ってみると、大樹のうろに巨大な猯《まみ》（あなぐま）が死んでいました。

「釣瓶おろしを斬った人」

と、その浪人の名は一時にあがりましたが、

「真生の釣瓶おろしを斬ったのではない。獣害を駆除しただけのことだ」

と浪人は噂になるのをひどく嫌がり、研ぎに出した脇差もそのままに、行方をくらましてしまいました。後にその人は大坂方の、名のある落武者とわかります。

脇差は豊臣家より拝領の兼光でした。以来その町内では、「釣瓶落とし」の名で脇差を共有物とし、祭礼には稚児《ちご》の腰に差す慣わしとなった、と伝えられます。


火の魂斬りの話をもうひとつ。

これも雨の日によく出る変化で、「油盗人《あぶらぬすびと》」と言いました。現在の滋賀県大津市から琵琶湖の東岸にかけて広く飛びまわり、往時の人々を悩ませたものです。

貞享三年（一六八六）に出版された『百物語評判』という評論本に、その由来が載っています。

比叡山延暦寺《えんりゃくじ》が全盛であった頃、山上根本中堂《こんぽんちゅうどう》の油料として一万石の知行がありました。その油料を差配するのは、東近江に住む半僧半俗の代官（姓名不祥）です。山上の権威を背景に、やりたい放題に暮らしていましたが、戦国の世となって知行地は横領され、経済拠点の坂本（叡山の山麓）も織田信長に焼き討ちされてしまいます。

代官は朝夕、身の没落を嘆いていましたが、ついに悩み抜いて狂い死にします。その念が残ったものか、夕方になると、その在所より火の魂が出て、叡山の山道を飛び、根本中堂の灯明のまわりに浮かびました。

「其様《そのさま》すさまじかりし故《ゆえ》、あながち油を盗むにもあらざれど、皆《みな》油盗人と名付けたり」（『百物語評判』）

大津あたりの血気盛んな若者たちが、寄り集まり、

「如何《いか》さまにもその執心《しっしん》、憎むべし（何としてもその執念は腹立たしい）」

いろいろ迷惑ゆえ、仕留めてくれよう、と弓矢や鉄砲を持って、その火の魂を待ち受けます。

夏場、ひと雨来そうな夕刻、皆が身を伏せていると、道の端に黒雲が一群《ひとむら》浮かび出ます。これが油盗人の出現する印と聞いていた一同は、緊張します。

弓を持つ者は矢をつがえ、鉄砲の者は火縄を火挟みにはさみました。

しかし、突然の豪雨が皆を襲います。弓の者は狙いが定まらず、火皿に雨粒が入って鉄砲は使いものになりません。

雨の中に、大坊主の怒った顔が見えました。その首は口の両側に火焔《かえん》の吹く棒を銜《くわ》え、若者たちを追いまわします。

ある者は泥田にはまり、ある者は立木に頭をぶつけて気絶する、といった有様。

あとの若者は、後も見ず、這々《ほうほう》の体《てい》で逃げ帰りました。

それから百年ばかり経った貞享の頃（前述）。

ある集まりで油盗人に話が及ぶと、一人の老人が、

「はやりおの（血気さかんな）若い衆が手ひどい目に合《お》うて百年《ひゃくとせ》ばかり。その後はさしたることもなかりしに、ここへ来てなぜかまた雨夜の晩には、その光り物が出るという噂です。湖水辺の在所の者は、坂本の者にかぎらず、いずれも迷惑いたしおりますとか」

と言います。こういう時は話の流れとして必ず、退治を申し出る人がいるものですが、この晩は、皆顔をしかめて黙り込むばかり。

やがて席はお開きとなって、客はおっかなびっくり家路を急ぎます。

間の悪いことに、その中に近江坂本在の菓子司《かしつかさ》がいました。先祖以来、何々の大掾《だいじょう》と朝廷から官位をいただいている家柄ですが、いたって気の弱い人です。

夜道だからと駕籠《かご》を傭いましたが、坂本の近く、唐崎《からさき》のあたりまで来た時、ぴたりとその駕籠が止まります。

「どうしたのだ」

と、覆《おお》いを上げて外を見ると、小雨の中を駕籠かきが一目散に逃げていくではありませんか。

雨夜のはずが、路上は煌々と明るく、さては、と頭上を見れば件《くだん》の「油盗人」火が、ふわりと浮かんでいます。

「で、でおったな」

悲鳴をあげようにも、喉がひりついて声が出ません。

駕籠から転がり出ると、地面に腰が当たって、かちりと音がします。

夜噺の茶会に差していく茶人拵《ちゃじんごしらえ》の小脇差でした。

そうか、これがあったか、と引き抜いて、めったやたらに振りまわしました。

もとより心得のない菓子商人ですから効果もないはずでしたが、何か手応えがあって、火の魂は、ふっと消えます。

そのまま彼は気を失ってしまいました。

そうこうするうち、駕籠かきたちが、仲間を連れて戻ってきます。

そこで彼らが見たものは、小脇差を握りしめて倒れ伏す菓子司と、路上に散っている大量の油でした。

家に担ぎ込まれて息を吹き返した彼は、自分が油盗人を追い払った、と知って仰天します。

これは己の力ではなく脇差の切れ味だろうと、改めてその由来を調べてみれば、何代目かの先祖が皇室衰微《すいび》の折に祭祀《さいし》を助け、その返礼に下賜《かし》された刀ということでした。

無銘ながら、粟田口吉光《よしみつ》であろうという見立てです。

「菓子商人でも名の続いた家は流石や。夜噺の会には普通、木刀か竹光入りの拵を差すのやけど、吉光とは豪気なもんや」

と、思わぬところでその菓子司の評判はあがりました。

これも名刀の徳というものでしょうか。

第七章
切る刀、切れぬ刀

一、主人を斬らぬ刀から自害の刀へ

足利八代義政が、将軍となって五年目の享徳三年（一四五四）四月。京を含む五ヶ国の守護畠山持国《もちくに》の被官《ひかん》（家臣）遊佐河内守国助《ゆさかわちのかみくにすけ》が、同じ畠山家被官の神保越中守《じんぼえっちゅうのかみ》の館を襲って殺害。館に火を放ったために、都は大騒ぎになります。

初め個人的な遺恨から起きたと思われたこの事件が、実は名族畠山氏の家督相続にからむ内紛であったとわかるまで、さして時はかかりませんでした。

当主の畠山持国と子の義就《よしなり》が、義就と家督争いを起こした持富《もちとみ》の子弥三郎《やさぶろう》とその一派に、先手をとって兵を差し向けたのです。

この内訌《ないこう》が、十三年後、あの応仁の乱の、ひとつのきっかけとなっていくのです。

次の年の享徳四年（一四五五）三月。畠山持国は死に、将軍義政は、義就に命じて畠山弥三郎を討たせます。弥三郎は四年間各地を逃げまわり、ようやく許されますが、直後、病死します。

弥三郎を支持する人々は、困りました。今さら義就の下に戻っても、ひどい扱いを受けることは目に見えているからです。

そこで弥三郎の弟で、当年十七になる弥次郎《やじろう》を担ぎ出すことにしました。これが畠山政長《まさなが》です。

弥次郎政長が、その地位の証として名工粟田口吉光、「畠山藤四郎」（刃渡り約二十五・一センチ）を手にしたのは、この時のことでしょうか。

次の年、長禄四年（一四六〇）将軍義政は、些細な罪で義就の出仕を止め、今度は政長へ義就追討を命じます。

両派は大和国《やまと》・河内国を行き来して争いを続けました。この間、藤四郎吉光は、常に政長の腰にあり、あの応仁元年（一四六七）一月十八日。大乱の始まりとなった京御霊社《ごりょうしゃ》の戦いでも同様でした。

御霊社の合戦は夜に入って不利となった政長側が、神社に火を放って逃亡します。義就派は、焼けた境内に折り重なった焼死体を検分し、政長も死んだと判断して勝ち鬨《かどき》をあげました。しかし、義就に味方した幕府四識《ししき》の有力者山名宗全《やまなそうぜん》の配下にいた知恵者が疑問を口にします。

「畠山藤四郎は、たとえ焼け身となっても、それとわかるはずだ。あれが見つからないのは、政長が生きている証である」

まさにその通りでした。政長はかねてより自分を援助していた先の管領細川勝元《ほそかわかつもと》邸に潜み、復活の機会を窺っていたのです。そして応仁の乱最大、六月八日の戦いに忽然と姿を現します。

この日、京の町は、大小三万軒の家が焼失。南禅寺《なんぜんじ》などの大寺も焼けて、一休禅師《いっきゅうぜんじ》も兵火を避け、地方に逃れました。

これだけの大問題を引き起こした畠山政長・義就の争いは、なんとそれから二十五年以上も続くのです。

政長の死は明応二年(一四九三)。世に言う明応の政変が起きた時です。政長を何度も庇《かば》ってくれた細川勝元の息子政元《まさもと》の軍の攻撃を受けたのです。

政長の本陣は、現在の大阪市平野区にある橘嶋《たちばなじま》の正覚寺《しょうかくじ》でした。細川方の大軍に包囲されると、彼は、寺の庫裏《くり》に移動します。そこは普段、寺僧が薬作りに使っている部屋でした。鎧を脱いだ政長は、指折り数えます。

「十七の年、家督の争いに巻き込まれて享徳から応仁を超え、この明徳まで。俺も、もう五十だ。人間五十年というからな。まあ、頃合いの歳だろう」

細川方の雑兵があげる鬨の声が、遠く近く聞こえてきました。

鎧直垂《ひたたれ》をくつろげ、腰の藤四郎八寸三分の鞘を払います。政長は思い切ってそれを腹に突き立てました。

と、その刃は腹筋の弾力に押し返されて、立ちません。

(これは、自分に未練の心があるのか)

政長は再び藤四郎を逆手に持って突きました。これを三度繰り返しましたが、全く腹が切れないのです。

「おのれ、いざという時役にも立たず、何が名刀か」

怒った政長は、手にした藤四郎を投げつけました。それは部屋の片隅に置かれた何かにスカリと突き刺さります。

「これは」

見れば、薬種をすり潰す時に用いる、大きな銅製の薬研《やげん》でした。

主人の切腹を見守っていた家臣たちも、息をのみます。

「主《しゅう》の命だけはとらぬという、これぞ真の名刀」

政長も感に堪えた表情となりましたが、すぐに我に返り、

「誰ぞ、代わりの腰刀を持て」

と命じます。政長が見事切腹したのを見届けると、家臣らは藤四郎を持って退去しました。

後にこの藤四郎は、九代将軍義尚《よしひさ》に献上されます。しかし、その頃から藤四郎と名の付く刀が世間で異常な人気を博します。

もともと鎌倉時代の刀工藤四郎吉光は、短刀作りの名人として知られていたのですが、政長の一件以来、

「良き斬れ味ながら、主の腹だけは切らぬ忠義の刀」

と評判を呼んで、ついには偽銘の刀が大量に出まわります。

政長の所持した本物は、「薬研藤四郎」と呼ばれて、十三代将軍義輝《よしてる》の頃まで足利家にありましたが、永禄の変で彼が松永久秀に殺害されると、久秀の手に落ちます。永禄十一年（一五六八）、信長が上洛すると、彼に従った久秀は、義輝から分捕《ぶど》りした幾つかの太刀とともに薬研藤四郎も信長に贈りました。

信長はこの名高い短刀を得たことが、よほどうれしかったのか、常の差料にします。

天正八年（一五八〇）石山本願寺戦争が終結した直後、人生の絶頂期にあった信長は堺の商人で茶人の津田宗及《つだそうぎゅう》を京に招き、自慢げにこの短刀を被露した、と記録にあります。

二年後、信長は本能寺で自害しますが、この薬研藤四郎が切腹に用いられたと伝えられ、寺の焼け跡から半焼けの状態で発見されます。信長の遺骸が見つからないのに自害の刀だけ発見されるのは奇妙な話です。が、明智光秀は安土城で分捕った刀や茶器とともに、それを自分の居城近江坂本へ運びます。光秀の死後、秀吉の軍は坂本城を囲みますが、城将の明智左馬介秀《ひで》満《みつ》は、

「天下の名器を焼いては、後の世の人々に申し訳がたたない」

と、宝物類を夜着に包んで櫓《やぐら》から吊り降ろし、寄手の堀秀政《ほりひでまさ》に引き渡して自害します。当時

この秀満の行為は、大いに賞賛されました。

この救われた宝物の中に、薬研藤四郎は含まれています。

秀吉は、しばらくこの短刀を秘蔵しますが、さして関心を示さず、すぐに甥の関白秀次《ひでつぐ》へ与えます。ところが、文禄二年（一五九三）、秀吉に子（後の秀頼《ひでより》）が生まれると、秀次の立場は微妙なものとなりました。二年後の文禄四年（一五九五）七月。秀次は数々の過失を理由に官職を追われ、高野山に追放、切腹します。

その時に用いたのも、薬研藤四郎と伝えられているのです。

室町の頃は、主を斬らぬ縁起良い藤四郎が、安土桃山時代に入ると一変。主人の自害に必ず用いられる、縁起の良くない刀になってしまったのです。

勘の良い秀吉などは、どうやらこの藤四郎に常々、奇怪なものを感じていた気配です。

それでも天下の名刀ですから、秀次の死後、薬研藤四郎は大坂城に戻されました。秀吉の子の秀頼の差料となり、大坂夏の陣で城が落ちると、またしても焼け出されます。

ここからは諸説あるのですが、そのひとつに、落城後の焼け跡整理をしていた百姓が堀の中から拾い上げ、刀鑑定の本阿弥光徳に届けたという話があります。光徳はこれを徳川家に献上し、金二百両を得たというのですが、なぜかその後、所在が不明となりました。

しかし、これも噂のうちでしかありません。これだけ時代の修羅場を潜《くぐ》り抜けてきた薬研藤四郎です。もしかすると、今も骨董品屋の片隅に転がっていて、誰かに見つけられる日を待っているかもしれません。

二、骨に染み透る切れ味

世に「骨喰《ほねばみ》」、と呼ばれる刀が幾つか存在します。

斬り込めば、軽い力でも肉を切り刃先が骨に達する、という斬れ味良しの刀をそう呼ぶのです。鎌倉の名工で、この本にも何度か登場する粟田口吉光、通称藤四郎の作にも「骨喰藤四郎」と呼ばれる利刀が一振り存在しました。

足利義政の子、義尚が九代将軍となった頃、この骨喰を先代から譲られたことが、よほどうれしかったのでしょう。将軍の御所で鞘を払い、

「それ、恐いぞ、骨喰だぞ」

近侍の者や女たちを追いまわしました。この時、骨喰は薙刀《なぎなた》の形をしていたといいます。

「さてこそ、御所さま、御乱心か」

皆、顔色を変えて逃げまどいます。少年の身ながら義尚は、連日酒色におぼれる戯《ざ》れ者《もの》でしたから、人々はこれを冗談とは思わなかったのでしょう。

常遣《つねづか》いの小童《こわらわ》を廊下の隅に追い詰めると、

「斬るぞよ、斬るぞよ」

と義尚は、骨喰を振りあげます。もとより遊びのつもりですから斬る真似です。

さっ、と刃を下ろせば、ぎゃっと小童の悲鳴があがりました。痛い痛いと、腕を押さえて廊下を転がりまわるその姿に、

「刃も触れていないのに、何を大袈裟《おおげさ》な」

義尚は笑います。が、奉行人筆頭《ぶぎょうにんひっとう》の、布施英基《ふせひでもと》が走り寄って些細に検分しました。

「誰ぞ医師《くすし》を。この者、腕の骨が断たれておる」

英基の言葉に、義尚は驚いて手にした骨喰の刃を見返します。刃先のどこにも血は付いていません。

「これは、その薙刀のせいでござる。試みに、刃をそっと御腕《みうで》に近づけて御覧あれ」

義尚が言われた通りにすると、腕の芯（内部）に痛みを感じます。

「この骨喰は、物切りの力溢れ、身に寄せるだけで骨に冷々《れいれい》と染《し》み透《とお》るゆえ、この名がござる。以後、かような遊びに用いられませぬように」

義尚は茫然としますが、すぐにこの苦言を不快に感じます。

（父が定めた奉行人の分際で、新将軍に意見するか）

それまでも英基にいろいろ含むところのあった義尚は、文明十七年（一四八五）、正月参賀の順位争いで奉行衆と奉公衆の喧嘩が起きると、奉公衆に命じて布施英基とその子を、殺害させるのです。

この骨喰藤四郎が足利家に来るきっかけは、南北朝の争乱でした。

建武の新政が破綻し、後醍醐天皇に叛旗をひるがえした足利尊氏は、建武三年（一三三六）春の京中合戦で破れます。

九州の武士団に望みをかけた尊氏は、船で瀬戸内海を下りました。途中、備後《びんご》の鞆津《とものつ》で光厳《こう》《げん》上皇の院宣《いんぜん》が到着。大義名分を得た尊氏軍ですが、九州宗像《むなかた》郡（福岡県宗像市）に入った時は僅か五百人ほどで、武具も満足に手にしていなかったといいます。ここへ、天皇側に不満をつのらせていた少弐《しょうに》・大友《おおとも》・島津《しまづ》の軍勢が少しずつ集まってきました。同年二月二十九日。現在の福岡県東区、多々良浜《たたらはま》の北岸に布陣した尊氏に、豊後の大友貞宗《さだむね》が、

「これは我が家代々の打物《うちもの》でござる。斬れ味は最良。御大将の得物とされませ」

一振りの薙刀を差し出します。

尊氏は初め、多々良浜に近い赤坂の丘へ兵を進めた時、敵軍のあまりの多さに驚き、

「とうてい勝ち目はあるまい。ある程度戦ったら、いさぎよく腹を切ろう」

とつぶやきます。しかし、この薙刀を手にした瞬間、にわかに気分が高揚します。

「これはどうだ。神仏が我が身に降りてこられた心地がする」

進め、進め、と丘を一気に駆け下って、敵に突入しました。

九州の天皇方は一万余。比べて尊氏率いる兵は千人余り。敵は数を頼んで包囲戦に持ち込もうと、多々良浜の北西に隊列を進めます。

その時、突然北西からの強風が吹きつけました。これは、この土地特有の浜風です。砂塵《さじん》が包囲側の顔を打ち、目つぶしを受けた兵は背を向けました。

「これぞ天佑《てんゆう》」

勢いに乗った尊氏軍を見て、敵軍から寝返りの兵が続出。夕刻、戦場を駆けまわっているのは、勝者となった尊氏方の兵ばかりであった、といいます。

この後、尊氏軍は五十万の大軍に膨れあがり、四月には早くも京に向けて進み始めるのでした。

以上の物語は『大友興廃記』にある骨喰の物語です。

以来、この藤四郎吉光、骨喰の薙刀は足利家にとって、縁起物となっていくのです。これほどのものを玩具代わりに弄んだ九代義尚は、心底愚か者であったのでしょう。

こんな愚か者でも、それなりに幕府の権威を立て直す努力をしたことがありました。自分の親衛隊である奉公衆の所領が、近江の六角高頼に脅《おびや》かされると、秩序回復のために長享元年（一四八七）九月、六角討伐の兵を発します。足利将軍の出陣は、三代義満の頃までで、義尚の父義政にしても一度も、敵に向けて鎧をまとったことがありません。

義尚の派手な出陣振りは、『常徳院殿様江州御動座当時在陣衆着到』という長々しい記録に詳しく記されています。そこには義尚の軍装も書かれています。まず、足利家重代の大鎧が入った櫃《ひつ》を前に進ませ、自身は赤地錦の直垂に小具足姿。腰には「厚《あつ》藤四郎」の脇差。黄金作りの太刀。そして、愛馬の脇を歩む雑色《ぞうしき》（小者）に、

「御長刀《おんなぎなた》ほねかみと申す御重代（の得物を）担がせ」

とあります。ここでは骨喰は「ほねかみ」と呼ばれています。

出陣の二年後、延徳元年（一四八九）、義尚は近江鈎《まがり》の陣で亡くなりました。ひどい飲酒癖がたたり、肝《かん》の病《やまい》になったとも、また在陣中、六角氏の放った伊賀・甲賀の乱波《らっぱ》に奇襲を受け、その時の疵がもとで死んだとも噂されています。

義尚の遺骸は同年三月、輿《こし》で都に帰りました。骨喰の薙刀もそれに付き従って戻りますが、なぜか御所に入らず、一時は京都の所司代をしていた多賀豊後守高忠の元に収まります。この人は、ずいぶん刀剣に心得のあった人（第六章の一、「吉光」の腰刀と鬼女の項参照）ですか

ら、長く陣中にあった骨喰の手入れと保存を行なったのでしょう。

やがて御所に戻った骨喰は、再び新将軍の義晴《よしはる》の側に置かれます。しかし、永禄八年（一五六五）五月十九日の、松永久秀による十三代将軍義輝の謀殺で、哀れ骨喰は久秀の分捕りとなります。

この話は、当時九州探題職として勢力を振るう豊後の大友義鎮《よししげ》（宗麟《そうりん》）の耳に達します。「あの骨喰は、建武の昔、先祖が足利初代将軍に差し出した重代の宝だ。三好家の家宰《かさい》（久秀）ごときに持たせて置くのは、いかにも惜しい」

大友家は、海外貿易で得た金銀、絹地、絵画、調度品など数千貫相当の交換品を持たせた使者を上方に上らせます。

久秀は、この豪華な贈り物に驚き、骨喰にほかの太刀一振りを添えて使者に渡しました。

義鎮としては、初代将軍尊氏を助けた名家という評判が欲しいばかりに、多大な代価を払って手に入れた名剣ですが、いざ手にしてみると、薙刀という形がどうにも気に食いません。「いつも小者に担がせて持ち歩くというのも、面倒だ。薙刀にしては刀身も細いことではあるし、いっそ常差《つねざ》しの刀にしてしまうか」

天下の名剣に何ということを、と家臣は止めますが、義鎮は聞き入れません。自分が良いと思えば、一切の助言に耳も貸さぬ男です。親族の妻が美女と聞くと矢も楯もたまらず横取りし、それに意見する者を殺害。外来の宗教キリスト教が気に入ると、ただちに洗礼を受けてドン・フランシスコと名乗り、宣教師の指導で領内の寺社を全て焼き払いました。そういう人物ですから、あっという間に骨喰藤四郎は、長い薙刀茎《なかご》を切り詰められ、新しい柄《つか》を付けられて、刃渡り一尺九寸四分（約五十九センチ）、いわゆる薙刀直し刀というものに変身します。

この頃から九州の民心は、少しずつ義鎮から離れ始めました。博多を支配して、朝鮮貿易、ポルトガル貿易で富を集めた彼は、日向灘に面した土地に無鹿《むしか》（音楽《ムシカ》の都）というキリシタンの理想郷を作るべく、九州南部に進軍します。しかし、天正六年（一五七八）、精強島津氏に破れ、本国豊後も危くなります。

ここに登場するのが秀吉です。義鎮は天正十四年（一五八六）、大坂に上って秀吉に援助を請います。もともと九州平定を予定していた秀吉にとって、義鎮の登場は渡りに船でした。

「よろしい、島津討ちをいたそう」

どこにでも余計な入れ知恵をする者がいるものですが、この時その役を担ったのが茶人千《せんの》利休《りきゅう》でした。

この人は、さる事あって博多に下った時、「ドン・フランシスコ」から自慢の骨喰を見せてもらっていたのです。

そのドン・フランシスコ義鎮は、秀吉が島津義久《よしひさ》を下した天正十五年（一五八七）五月末に死去し、息子の義統《よしむね》が後を継いでいました。

骨喰の譲渡は、直接秀吉から言い出すのは差し障り有り、として利休が献上を勧める形をとります。天正十七年（一五八九）、秀吉小田原攻めの前年。その出陣に間に合わせるように骨喰は大坂城へ運ばれてきました。喜んだ秀吉は、名馬二頭を義統に贈って礼の印とします。

豊臣家に入った骨喰は、美しい拵《こしらえ》を付けられました。鎺《はばき》は名人埋忠寿斎《うめただじゅさい》が作り、刀身の彫物は手直しされます。茎もさらに七分磨上げられましたが、これは柄を新装のものに変えたからでしょう。一段と美しくなった骨喰を見た秀吉は、刀を抱いて飛び跳ねたと言われています。

その後、骨喰は大坂城の刀蔵にある七つの大箱百七十五振りのうち、第一の箱三十一振りの中に入り、しかもその台帳の第一位に記される名誉も得ました。

秀吉は慶長三年（一五九八）に世を去りますが、骨喰は門外不出と定められ、諸大名集って大閤形見分《かたみわ》けが行なわれた折も、遺児秀頼の領分として大坂城に残されます。

しかし、十七年後の慶長二十年（元和元年・一六一五）、大坂夏の陣で城は落ち、刀蔵も灰燼《かいじん》に帰してしまいました。

しかし、なぜか骨喰は残ります。これについては幾つか異なる伝承があります。

『春湊浪話《しゅんそうろうわ》』という本には、落城の折、秀頼付きの茶坊主が袖に隠して堀を渡り、うまく落ち延びて、ほとぼりがさめた頃、京に出て金に代えようとしましたが、あまりにも有名な刀のため、道具屋が恐れてどこでも断られ、それればかりか茶坊主は密告されて捕らえられ、骨喰は京都所司代の手に入った……。また『耳の垢』には、大坂城の焼け跡を片づけていた人夫が、空堀の中から発見して本阿弥光徳のもとに持ち込み、光徳が駿府《すんぷ》の家康に送って金二百両を得た、などの話が残っています。後者の場合は、短刀薬研藤四郎の発見譚に酷似しており、どちらかの伝承が混同しているようです。

こうして戦火からは蘇《よみがえ》った骨喰ですが、江戸の大火にはかなわず、明暦三年（一六五七）の火事で江戸城本丸が焼失した時、ついに焼け身となってしまいました。

徳川家ではこれを惜しみ、他の名刀とともに「再刃《さいば》」という修復が加えられます。明治になって城を出た骨喰を待っていたのは宗教施設でした。

長らく祀《まつ》ることを止められていた秀吉の豊国《とよくに》神社が再興され、徳川家達《いえさと》によって骨喰が奉納されたのです。

現在は神社の御神宝ですが、京都国立博物館に寄託《きたく》となり、時折刀剣展などでその姿を見せています。

三、切れぬ刀の徳

江戸の文化年間（一八〇四―一八）、出羽《でわ》国酒田《さかた》（山形県酒田市）は庄内米《しょうないまい》の集産地として、また日本海交易の中継地として大いに盛えたところです。

その酒田の町に堪兵衛《じんべえ》という有徳《うとく》の商人がおりました。金持ちによくある威張りくさったところが微塵《みじん》もなく、同業者ばかりか、近隣の人々にも慕われる人徳者として知られていました。

その堪兵衛さんには、少し変わった習慣がありました。

毎朝、御仏壇、台所の荒神様、庭のお稲荷様を拝んだ後、居間の梁《はり》に向かって祈拝するのです。その梁の間には、いかにも由緒有りげな塗りの細長い箱が、縄にからげて吊るされていました。ある時、店の者が、

「旦那様、あの御箱は何でございましょう」

と聞いてみると、堪兵衛はなぜか恥ずかしそうに笑って、

「私の守り刀さ」

と答えました。大金持ちの旦那様があれだけ大事にしているのだから、よほど謂《いわ》れのある刀だろう、と皆噂し合ったものです。

その堪兵衛さんが、ある時突然心《しん》の病《やまい》（心不全）で死んでしまいました。

葬儀が終わり、家の相続となった時、問題が起きます。堪兵衛さんには先に亡くなった妻との間に長男がいて、この人がまあ若旦那となっています。ほかに小さな男の子と女の子がいましたが、こちらは後妻との間に出来た子供たちです。

普通なら、すでに店の仕事をこなし、しかも長男ということで、家督はすんなりと決まるところでしたが、後妻がこれに猛然と反対し始めました。

この後妻は、同業者の娘でしたが、人柄の良い堪兵衛が、よくこんな人を後添えに迎えたものだと誰もが呆れるほど性格のすずどい（すばしこい、悪賢い）女性です。それでも堪兵衛が生きている頃はいろいろ猫を被っていたのですが、死んだ途端本性をあらわし、家督を自分の生んだ息子に譲れと騒ぎ始めたのです。堪兵衛家の親族は後妻の子供がまだ幼いことから通例に従い、全財産の三分の一を母子に渡すと決めました。しかし、今度は後妻の実家から、娘には半分を、とネジ込まれます。これ以上混乱を起こすのは望ましくないので、堪兵衛家の親族は妥協しました。

これでホッとひと息……と思った矢先、またまた後妻は難題を突きつけてきました。

「居間の梁に吊るしてある宝刀も、自分と息子に寄こせ」

と言うのです。

「それぱかりは」

親に似ておとなしい若旦那もこのわがままには腹が立ちました。後妻の考えは明白です。酒田でも指折りの大商人が大事にするのは、天下の名刀。すいぶんな金になる、と踏んだのでしょう。

またぞろ争いが、と周囲が危惧したその時、堪兵衛の弟、若旦那の叔父にあたる人が、

「では財産の分割率を変えましょう」

と提案します。初め後妻側は二分割された財産のまた半分、全体の四分の一で良いとしましたが、この叔父は、いや、半分のまた三分の一、つまり六分の一を主張します。

「死んだ兄の愛刀には、それほどの価値があるはず」

後妻は商いを知らなかったので、店をもらっても、経営していく自信がなかったのです。

「必ず刀を譲るのなら六分の一で良い」

と、起請文《きしょうもん》を急いで取り交わしました。

「やれ、うれしや」

後妻の実家では、大喜びで刀箱を開きました。すると、今出来の白鞘です。これが容易に引き抜くことが出来ません。男どもが左右から引っぱってようよう抜くと、たいへんな赤鰯《あかいわし》（錆び刀）です。

「これはよほど手入れをしていなかったのだ」

「研《と》ぎに出してみよう」

名刀と信じて疑わぬ後妻は、名のある研師のもとに持ち込みますが、少し研いだだけでその研師は、

「これは、とんでもないナマクラですな。それも、一度火事で焼け身になっております」

取り分を六分の一にまで減らして得た刀が刃も立たない鈍刀《どんとう》とは……と、後妻の実家は茫然とします。

実はこの刀の由来を心得ていたのが、若旦那の叔父でした。

「我が兄は、若い頃、大変な酒乱であった。酒の席での口論から商人仲間二人に斬りつけた。しかし、こんなこともあろうかと先々代が渡しておいた脇差が、ろくに刃も付いていないナマクラだったのが幸いし、何事もなかった。以来兄は一生の禁酒を決め、自分を咎人《とがにん》にしなかった刀の恩を忘れず、毎日拝礼を欠かさなかったのだ。日々感謝して暮らす者、心おのずと善に向かう。兄が有徳人と呼ばれたわけがこれだよ」

これを聞いて、誰もが深くうなずいたのでした。また、遺産欲しさに散々まわりを振りまわしたあげく自滅した後妻とその実家は、長く酒田の町で笑いのタネとなった、ということです。

以上は『耳の垢』に出てくる物語ですが、これとそっくりな筋が『新御伽婢子』の「切れぬ

刀の徳」にも書かれていて、当時これは、かなり有名な話だったようです。

四、石工斬りの「手掻包永」

伊勢湾に注ぐ大河木曾《きそ》川の中流域は、戦国時代、川筋の者と称する土豪たちが群がり出たところです。

主に河船による運搬業を行なう彼らは、その行動力を利用し、時に傭兵と化して川筋の合戦に参加しました。

その代表的な人物が、蜂須賀小六正勝《はちすかころくまさかつ》でしょう。

「侠気《きょうき》猛《たけ》く、豪勇《ごうゆう》近隣に聞こえ高し」（『武功夜話』）と記録される彼は、時に数千人の手下を率いて、木曾川・揖斐《いび》川・長良川の支流を含む川筋七流を武装して往来しました。

その小六正勝が、まだ駆け出しの川筋者であった頃。生駒《いこま》という家によく出入りしては、その台所飯を打ち食らっていた、といいます。

生駒氏は藤原北家の家広《いえひろ》が、大和国生駒村に土着して地名を名乗り、後に尾張《おわり》国丹羽《にわ》郡に移って一族を増やしました。

土豪ながら大変な名家ということで、守護や守護代も年ごとの礼を欠かさず、あの織田信長さえも若い頃は、生駒家に足繁く通っていました。

この生駒氏の主流は、ある時、尾張から隣国美濃土田《どた》に拠点を移します。土田村の親重《ちかしげ》という者が養子として入り、周辺に勢力を拡大しました（この土田という家も名族で、一説には信長の生母土田御前《つちだ》も、この家の遠縁にあたる、とされています）。

親重の子の一人が、後に四国讃岐《さぬき》（香川県）六万六千石の主となる生駒親正《ちかまさ》です。親正は、近規《ちかのり》・正成・吉正・七郎左衛門などと何度も名を変えていますが、その当時は「土《ど》田甚助《たじんすけ》」と名乗っていました。

この頃、生駒家は、その地縁によって美濃国主斎藤氏に味方していましたが、甚助は家の存続のため、一人敵方の尾張織田氏に仕官させられます。

やむなく家を出ることになりましたが、一族の実質的な長老である大叔父が、不敏《ふびん》に思ったのか、出達前、密かに彼を呼んで、

「鹿島立《かしまだ》ちの引出物をくれてやろう」

と言いました。

「倉の中にある刀のうち、好きなものを一振り持って行け」

「ありがたし」

名家の末ですから、倉の刀櫃には伝来の宝刀が唸《うな》りをあげています。

甚助は、さして刃身を確かめることもせず、古びた太刀拵を一振り選んで尾張に向かいました。

永禄九年（一五六六）。秀吉（まだ木下藤吉郎《きのしたとうきちろう》）が、現在の岐阜県南西部、墨俣《すのまた》に城を築いた時の記録には、織田家から付けられた寄騎《よりき》衆の中に、甚助の名が認められます。

いわゆる「墨俣一夜城」は、三つの大河の合流点にある織田方の橋頭堡《きょうとうほ》として、斎藤方の攻撃を絶えず受け続ける危険な場所でした。秀吉はもとより、味方となった蜂須賀小六も、織田方寄騎の人々も、泥まみれになって柵を組み、土塁を築きます。

そんなある日のこと。作事場を見まわりに来た秀吉が、人夫たちに混じって立ち働く一人の侍に目をとめました。

半裸の姿で、軽々と丸太を運んでいくその侍こそ甚助でした。

「汝《われ》、精がでるのう」

秀吉は気易く声をかけました。

「何処の者かよ」

「土田と申す。上総介《かずさのすけ》（信長）様より合力《ごうりき》を命じられて候」

どうせ蜂須賀配下の川筋者だろうと軽く見てかかった秀吉は、焦ります。信長から直接命じられて城造りに参加する侍は、彼と同格であったからです。しかも甚助は、秀吉より七歳も年が上でした。

「土田殿と申されるか。あ、いや……」

その場をごまかすために、秀吉は甚助の腰を指差しました。用心深い甚助は、斎藤方の不意討ちに備えて生駒家の太刀だけは、肌身離さず佩《は》いていたのです。

「見せて下さらぬか」

「どうぞ」

秀吉は軽い身分の出ですが、どこで習い覚えたか、並の刀屋よりも鑑定《めきき》上手でした。すらりと抜き放ち、

「ほほう、大和鍛冶でござるな。姿が実に良うござる。これは手掻《てがい》の手になる業物《わざもの》と見まいた」

大和国奈良は、古来刀の産地として知られていましたが、中でも蒙古襲来の頃に作刀した包永《かねなが》をはじめとする手掻派一門の刀は、諸国に聞こえた逸品でした。

「生駒・土田家は地元の関《せき》鍛冶を用いざりしか。流石、名家でござるのう」

秀吉は鞘に刃身を収めると、少し気欲しげな様子でそれを返します。

「妙な男だ」

去っていく秀吉の背を眺めながら甚助はつぶやきました。

が、この時から彼の命運は一転します。

墨俣城が半ば完成した頃、斎藤勢が押し寄せてきました。しかし、蜂須賀小六らは逆に夜襲をかけて追い散らします。甚助も川筋者に混じって奮戦し、首ひとつを稼いで最初の感状を受けました。

翌年、斎藤竜興《たつおき》の居城稲葉山《いなばやま》が陥落すると、秀吉はさっそく甚助を信長からもらい受けて家臣にします。

「股者《またもの》（家来の家来）に身を落とすのか」

初め甚助は、信長の直属から外されたことに不満を抱きました。秀吉はそのあたりを見抜き、彼を家中で優遇します。

天正元年（一五七三）、近江十二万石を与えられて、秀吉は城持ち大名となりますが、家臣百余名に行賞《こうしょう》を行なった際、甚助（この頃には生駒姓に復帰）は上位十人の内に数えられ、三千石の身上となりました。

後の大大名、津の藤堂高虎《とうどうたかとら》や土佐《とさ》の山内一豊《やまうちかずとよ》が四百石未満と記録されていますから、いかに甚助が高く評価されていたかがわかるでしょう。

甚助――親正の出世は続きます。本能寺の変の後は秀吉の直番衆《じきばんしゅう》（側近）として各地で戦功を積み、天正十三年（一五八五）には近江国高島城主。翌年は伊勢国神戸《かんべ》城主。続いて播磨《はりま》国赤穂《あこう》城主。

天正十五年（一五八七）秀吉九州攻めの後は、讃岐国において六万一千石を受けます。その後ほどなく、親正は従五位下讃岐守に任ぜられ、名実ともに讃岐の国主様となりました。

すでに六十代後半にさしかかった親正は、半ば隠居の形で同国高松城に入り、嫡男の一正《かずまさ》を丸亀城に置きました。

「太刀一腰で戦場に出ていた頃を思えば、夢のようだ」

親正は親しい者たちにこう言って、往時を懐かしみました。

しかし、この頃から秀吉が人変わりします。

六十代の初めにしては異様なほどに体力が衰え、些細なことで感情を爆発させました。無謀な海外遠征を強行したかと思えば、養子の一族を惨殺。これに関連する多くの武将たちも切腹・改易に追い込まれました。

親正のような古くから秀吉と親しい男でも、伏見城に登城する時は、家族と水盃《みずさかずき》を交わして出た、といいます。

その頃、彼は城中で驚くべきものを目にしました。

幼い我が子秀頼と遊びまわる秀吉が、喜びのあまり、大廊下で失禁してしまったのです。

(人前で小便を洩《も》らすほど老いぼれたか)

豊臣家の行く末に不安を感じた親正は、この時から生駒家の存続を優先させる決意を固めます。

そんな親正の、心の変化を感じとったのか、ある日秀吉は、伏見城山里曲輪《やまざとくるわ》に親正を招きました。

「近頃、わぬし(お前さん)と語ることも少なくなった。一緒に庭でも巡ろう」

二人は泉水のまわりを歩きましたが、あるところまで来ると、

「甚助よ」

秀吉が急に、昔の名で呼びかけました。

「これは何かわかるかな」

三つの細流が合流して池に注いでいます。親正はすぐにわかりました。

「これは木曾・揖斐・長良の三川を模したものでございますな」

秀吉は大きくうなずきます。

「左様、墨俣はわしが初めて城持ちとなったところ。物良《ものよ》し(縁起が良い)の土地ゆえ、こうして庭の形に残しておる」

この日の秀吉は、なぜか言葉も物腰もしっかりとしていました。二人は思い出噺にあれこれ花を咲かせた後、山里曲輪を出ましたが、その帰り道、秀吉はふと足を止め、

「わぬしと出合いのきっかけは、材木運びの時にわぬしが佩《は》いておった大和物の太刀よ。あれも物良し。どうだ。あれをわしに譲ってはくれまいか」

幼い秀頼の守り刀にしたい、と秀吉は言いました。刹那、親正の中に物惜しみの心が生まれます。

「あの太刀は……」

親正は無表情に答えました。

「もはやござりませぬ。去る折の合戦で切れ切れになって候」

消耗してしまった、と嘘をつきました。秀吉は少し悲しそうに彼を見返して、

「そうか。わぬしは、我が家のために骨身惜しまず戦さ場に出る男であったのう。太刀も切れ切れか」

とだけ言うと後は黙って背を丸めました。

それからしばらくして、第二次朝鮮の役（慶長の役）が始まります。親正は配下五千五百騎を率いて肥前名護屋城に参陣しますが、同時に瀬戸内の押さえとして讃岐丸亀城の修築を命じられました。

城は標高約六十六メートルの亀山に高石垣を巡らせた優美なものでしたが、完成には五年の歳月を要しました。中でも難工事は、算木積みの三ノ丸高石垣です。親正はこれが仕上がった時、わざわざ肥前から出向いて検分しました。

石垣を築いた石工の棟梁、羽坂重三郎《はさかじゅうざぶろう》という者に労《ねぎら》いの言葉をかけ、

「もし城に寄手があっても、この石垣ばかりは易々と登れまい」

と言うと、重三郎は真面目な男でしたから、少し考えて、

「人の作ったものを、人の手で破れぬことはございません。やってみましょう」

と、尺《しゃく》と称する短い鉄の棒を、石の隙間に差し込み差し込み、軽々と石垣を登りきってしまいました。

（これは危うい）

重三郎を真似る者が出ては一大事、と親正は思いました。

ほかの石垣工事が九分通り出来上がった頃、彼は重三郎を召し出して、

「可哀相だが、汝《なんじ》には」

と一刀のもとに斬り捨ててしまいました。

この時用いたのが、あの「物良し」と秀吉が欲しがった大和手掻派の太刀です。

以来、生駒家の御腰物役（刀係）は、それを密かに「石工切」あるいは「重三郎切」と呼び、

親正もその存在を秀吉に悟られぬよう丸亀城内深くに隠しました。

翌、慶長三年（一五九八）八月。秀吉は逝去し、二年後に上方の石田三成と徳川家康は対峙《たいじ》します。

親正は息子の一正を呼んで、策を立てました。

「汝は徳川殿につけ。わしは、豊臣家中老《ちゅうろう》の立場があるゆえ、石田方につく」

「父上、家をふたつに割る、と申されますか」

「大坂城には故太閤の遺児《いじ》がおわす。わしは、あまりにも秀吉公の恩を受け過ぎた」

真面目な父の言葉に感じ入った一正は、徳川方として東に向かい、西軍の親正は、丹後国《たんご》（京都府北部）に出兵しました。その腰には、確かにあの石工切があったということです。

慶長五年（一六〇〇）九月、石田三成は敗北。親正は降伏して髪を剃ると、高野山に登ります。一時は命も危なかったのですが、一正が必死に父の助命を家康に願って許され、讃岐国を襲《つ》いだ息子のもとに彼は送られます。

当然その愛刀「石工切」も、讃岐高松の城に入りました。

慶長八年（一六〇三）。親正は七十七歳という、当時としてはかなりの高齢で世を去りますが、死の間際、

「我が大和手掻の太刀は、棺《かん》の中に入れてともに葬るべし」

と遺言しました。

しかし、家臣たちは、なぜかこれを聞かずに、太刀を保存しました。

このことが後に、生駒家へ思わぬ波紋を広げることになるのです。


生駒家は、大坂の陣で豊臣家が滅びた後も残ります。一国一城令で丸亀城は廃城となりましたが、高松城に拠《よ》って讃岐守を称した歴代の藩主は、四国における一方の雄でした。

しかし名家の末の譬《たとえ》。代を重ねるごとに暗愚な者が出るのは、仕方のないことです。

親正の死後、二十年近く経って家を継いだ曽孫《そうそん》の讃岐守高俊《たかとし》は俗に、

「菽《まめ》と麦の区別もつかぬ者」

と評判の人でした。ある時、お忍びで城外を見てまわった際、青々と茂る麦の穂を見て豆と思い、

「あれを茹《う》でて昼の菜《さい》とせよ」

と命じます。家来が、

「あれはまだ実っておりませぬ。青臭いばかりで」

と言うと、怒ってその家臣を手討ちにしたというのです。

こんな主君に腹を立てて、城への出仕を停止した家来がいました。

山口彦十郎《やまぐちひこじゅうろう》というその侍は、長年藩に忠実に仕えていましたが一向に御加増もなく、何の功績も無い者が彼を飛び越えて出世していく有様を見て、

「口惜しいことだ。殿へおもねりへつらう者だけが禄を増やすとは」

ついに無奉公《ぶほうこう》となりました。城への出仕を止める、一種のストライキです。

戦国の余風が残る江戸初期には、こうした頑固な侍が大勢いたのです。

主君高俊も我儘な人ですから、大いに腹を立てました。ただちに討手を仕立てて山口家を襲い、彦十郎家族を皆殺しにします。その上で、

「彦十郎を捕らえ、絞《しば》り首にせよ」

と家臣の横井二郎右衛門《よこいじろううえもん》という者に命じました。

現在と異なり、その時代の絞り首とは、罪人を縛り、庭先で斬首することを言います。

彦十郎は、打首の座に引き出されると声を荒げて周囲に訴えました。

「それがし、述懐奉公《じゅっかいほうこう》（抗議の不奉公）で罰せられるのは仕方が無い。しかし何の科《とが》も無い妻や子を殺したのは、いかなる口実あってのことか。そのうえ、まがりなりにも侍と名の付いた者を切腹させせず、犬猫のごとく庭先で絞り首にするとは解《げ》せぬことである」

この言葉が城に伝えられると、高俊は増々怒り狂います。

「憎き彦十郎め。どうしてくれよう」

そこで、ふと思いついたのが、城に秘蔵される石工切です。

「前々よりあれの斬れ味を知りたかった。よい、試し斬りの材《ざい》にしてくれよう」

御腰物役の者どもが恐る恐る進み出て、

「あの太刀は生駒家中興の祖、親正公が御遺愛の品。左様な罪人斬りに用いるものではありませぬ」

と止めると、高俊は大暴れに暴れて、

「太刀は、斬れ味を知ってこそ、その価値がわかる。されば、己が試しの材となるか」

こう言われると家来たちは黙って引き下がりました。

太刀はただちに太刀取り（首斬り役）横井二郎右衛門のもとに届けられます。

彦十郎と二郎右衛門は旧知の間柄でした。

「かまえて斬りそこなうなよ、二郎右衛門」

彦十郎は、睨みつけて言いました。

「わしの念ずる力が強いか、伝来の太刀の力が勝つか。我が恨みの力むなしくならざれば、近いうちに必ず印《しるし》があろうぞ」

楽しみに待て、とわめくと、二郎右衛門は、

「心得たり」

それを掛け声にして、はたと首を打ち落とします。首は三間（約五メートル半）ほどころころと転がって切り口を下に止まり、ぎろりと二郎右衛門を見据えると、そのまま静かに目を閉じました。

「まことに良き斬れ味でござった」

二郎右衛門は、検分役に一礼して太刀を返します。

平仮名本『因果物語』によれば、その後、彼は家に戻りますが、彦十郎の首が自分を睨みつけるその面影が脳裏を離れず、玄関先、床ノ間に現れては消える首の幻覚を見ます。

「おのれ、怨霊」

二郎右衛門は刀を振りまわし、家の者が寄ってたかって押さえつけて、ようやくおとなしくさせたといいます。

しかし、その後も二郎右衛門は、寝ても覚めてものたうちまわり、

「あれあれ、彦十郎よ。我はただ殿の仰《おお》せにてこそ汝《なんじ》を討ちたれ。許し給《たま》え、許し給え」

手を合わせるうち、七日経って悶死《もんし》しました。

生駒家中の者は震えあがります。その後、彦十郎の亡霊とおぼしきものが、袴肩布《はかまかたぎぬ》の正装姿で丸亀城下に立ち、知人らがこれに行き逢《あ》うと、ふるいついて（悪寒がして）患《わずら》い出し、中で死する者十四、五人に及ぶという事が起きます。

「これは怪事でございます。慰霊《いれい》いたしましょう」

家中の者が城に訴状を出し、高俊も恐ろしくなって山口のあとを弔《ともら》わせます。

これで少しは亡魂も鎮《しず》まったと見えましたが、城下の侍屋敷が家鳴りしたり、高松城内の大木が風もないのに打ち折れたり、その他怪しいことが折折に起きました。

高俊の横暴は続きましたが、これに注目したのが江戸の幕府です。豊臣恩顧の大名を改易していく政策をとる彼らは、生駒家に御家騒動が起こると、さっそく介入し、高俊から讃岐十六万七千石を取りあげて、出羽矢島《でわやしま》（秋田県由利本庄市）一万石の身上《しんじょう》に落とします。

『因果物語』（巻六の四）には、

「（讃岐守没落は）山口が亡霊の恨みなりと、諸人申し合いけり」

で締めくくっています。

石工切は矢島一万石に伝わり、子の高清《たかきよ》の代で、八千石の寄合席《よりあいせき》になると、江戸に出ましたが、その後は行方不明になった、と伝えられます。

東郷　隆（とうごう・りゅう）
横浜市生まれ。国学院大学卒。同大博物館研究員、編集者を経て、作家に。詳細な時代考証に基づいた歴史小説を執筆し、その博学卓識ぶりはつとに有名。一九九〇年『人造記』等で直木賞候補となり、一九九四年『大砲松』により吉川英治文学賞新人賞、二〇〇四年『狙うて候　銃豪村田経芳の生涯』で新田次郎賞、二〇一二年、『本朝甲冑奇談』で舟橋聖一賞を受賞。その他著書多数。

妖《あや》しい刀剣《とうけん》　鬼《おに》を斬《き》る刀《かたな》

二〇二〇年十一月二十日　第一刷発行

著者　東郷　隆
発行者　松岡佑子
発行所　株式会社出版芸術社
〒一〇二-〇〇七三　東京都千代田区九段北一-十五-十五
電話　〇三-三二六三-〇〇一七
ファックス　〇三-三二六三-〇〇一八
http://www.spng.jp/
印刷・製本　中央精版印刷株式会社
編集　荻原華林

ISBN 978-4-88293-534-6